Scholem-Alejchem (d. i. Schalom Rabinowitsch), geboren am 2. März 1859 in Perejaslaw/Ukraine, ist am 13. Mai 1916 in New York gestorben.

Den Rang und die literarische Bedeutung von Scholem-Alejchem sollte man, um dem Autor gerecht zu werden, in einer Anekdote vor Augen führen: Scholem-Alejchem, der wegen des Pogroms von 1905 gerade seiner russischen Heimat den Rücken gekehrt hatte, begegnet auf einem Empfang in New York seinem Kollegen Mark Twain. Ohne zu warten, bis sie einander vorgestellt werden, geht Twain auf den jiddischen Dichter zu und sagt: ›Ich will mich Ihnen selbst bekannt machen. Ich bin der amerikanische Scholem-Alejchem.‹

Wir verbinden mit seinem Namen vor allem die literarische Vorlage des Musicals »Fiddler on the Roof« (»Anatevka«), die er mit seinem *Tewje, der Milchmann* (Bibliothek Suhrkamp 210) geschaffen hat. Seine Erzählungen aber sind diesem Werk wenigstens ebenbürtig. In der Erzählsammlung *Hochzeit ohne Musikanten* beschwört er die Welt des Ostjudentums, melancholisch und mit wehmütigem Humor.

Der amerikanische Maler und Illustrator Ben Shahn, der aus der gleichen Welt stammt wie Scholem-Alejchem – er wurde 1898 in Kowno in Litauen geboren –, hat in einer Reihe großartiger Zeichnungen die Gestalten des Dichters festgehalten: Rabbi und wandernden Trödler, Landfrau und Geigenspieler, Fuhrmann und Ziegenhirten.

insel taschenbuch 2316

Scholem-Alejchem

Eine Hochzeit ohne Musikanten

Ein insel taschenbuch im Großdruck

Scholem-Alejchem
Eine Hochzeit ohne Musikanten

Aus dem Jiddischen
von Alexander Eliasberg
und Fega Frisch

Mit sechzehn Zeichnungen
von Ben Shahn

Insel Verlag

insel taschenbuch 2316
Erste Auflage 1990

Hinweise zu dieser Ausgabe am Schluß des Bandes
Vertrieb durch den Suhrkamp Taschenbuch Verlag
Umschlag nach Entwürfen von Willy Fleckhaus
Satz und Druck: Wagner GmbH, Nördlingen
Printed in Germany

1 2 3 4 5 6 – 95 94 93 92 91 90

Inhalt

Unterwegs nach Heißin

Haman Iwanowitsch Plissetzki

So hieß der neue Polizeihauptmann von Teplik. Das heißt, sein richtiger Name war Agamemnon Afinogenowitsch, doch die Tepliker Juden, die den Leuten gern Spottnamen anhängen, nannten ihn wie oben, aus zweierlei Gründen: erstens, weil Haman Iwanowitsch viel kürzer und leichter auszusprechen ist; man muß sich ja die Zunge verrenken, um Agamemnon Afinogenowitsch hervorzubringen. Zweitens, seit Teplik eine Stadt ist, konnte man sich an einen solchen Haman von Polizeihauptmann, wie dieser Plissetzki einer war, nicht erinnern. Es hat da schon allerhand Polizeihauptleute gegeben, gute und böse; solche, die nehmen, und solche mit reinen Händen, die ganz einfach nicht nehmen, es sei denn einmal eine Neujahrsgabe, was nicht mitzählt, oder ein Geschenk zum Geburtstag – wer wird dergleichen auch ablehnen? Alle sind wir einmal geboren worden, und der Geburtstag ist für jedermann ein Festtag, seit Urzeiten; hatte ihn doch schon Pharao, der König von Ägypten, eingeführt, wie wir aus der Heiligen Schrift wissen, indem er an seinem Geburtstag ein Festmahl für alle seine Diener veranstaltete, wobei der Mundschenk aus dem Gefängnis entlassen und der Bäcker an einem Baum aufgehängt wurde, wie Joseph ihnen drei Tage vorher aus ihren Träumen geweissagt hatte ...

In Teplik angekommen, hatte unser Haman vorerst damit begonnen, das Städtchen zu säubern, eine Säuberung, die diesen Namen vollauf verdient. Die Tepliker Pferdediebe, die bekanntlich einen Weltruf genießen, hatte er in ein bis zwei Monaten so ausgeräuchert, daß kein einziger übrigblieb, nicht einmal zu Heilzwecken, sozusagen. Hatte er einen einmal ins Auge gefaßt, so schnappte er ihn auch gleich und schickte ihn ohne viel Federlesens nach Heißin ins Gefängnis: mochte man dort weiter mit ihm abrechnen. Als er mit den Pferdedieben fertig war, wandte er sich den Gassen und den Juden zu. Die Gassen wollte er reinlich gehalten haben, von da ab durfte man den Kehricht einem nicht, sozusagen, vor die Nase werfen, noch Spülicht vor die Haustür schütten, auch unschöne Verrichtungen auf der Gasse wurden verboten ... Von den Juden verlangte er, daß sie ihre Läden am Sonntag bis Mittag geschlossen halten, daß die Lehrer nicht ohne behördliche Lizenz unterrichten und daß man den Stadtbezirk nicht mit Seilen für den Sabbat umgebe, man werde auch ohne diesen ›Telegraphen‹ auskommen, meinte er. Und sogar in der Schul, wenn es einmal vorkam, daß die Leute am Sch'mini-Azeret-Abend wegen des Vorbetens in Streit gerieten und einander mit Ohrfeigen traktierten – auch da mischte er sich ein, ein solcher Frevler war das …

Nun wohl, die Läden geschlossen zu halten, das hatte er in der Tat durchgesetzt, und wenn es auch nicht ganz genau bis zwölf war, so drückte er ein Auge zu, weil ihm nichts anderes übrigblieb: er hatte alles, was in seiner Macht war, getan, doch vor den jüdischen Kramläden Wache zu stehen und aufzupassen, ob nicht einer seine Ladentüre halb angelehnt hält, das war ein Ding der Unmöglichkeit! Was das rituelle Seil betrifft, so hatte er in der ersten Zeit, das muß zugegeben werden, allerhand auszustehen. Jeden Freitagabend wurde das Seil um die Stadt gespannt, und jeden Sabbatmorgen in der Früh pflegte er es herunterreißen zu lassen. Doch am nächsten Sabbat war ein neues Seil da, und das wiederholte sich mehrmals hintereinander. Es half ihm nicht, daß er Aufpasser hinstellte, er konnte die Täter nicht erwischen, bis er sich einmal selbst dazu bequemte, draußen in einem Schlupf sich zu verstecken, wo er die ganze Nacht sitzen blieb und lauerte; erst kurz vor Tagesanbruch gelang es ihm, Peiße, des Synagogendieners Jungen, auf frischer Tat zu ertappen, wie er gerade das Seil befestigte. Er packte ihn am linken Ohr, führte ihn selbst auf die Wachstube und hielt ihn den ganzen Tag eingesperrt. Von da ab blieb Teplik ohne Seil bis auf den heutigen Tag, und die Leute gewöhnten sich auch in Ermangelung eines solchen am Sabbat Taschentücher und Uhren ohne jede Scham zu tragen.

Nicht so leicht gestaltete sich der Feldzug, den er gegen die Lehrer führte. Sie setzten ihm wahrlich schwer zu. Hatte er einen Lehrer mit seinen zwanzig Schülern beim Lernen erwischt und den Cheder geschlossen, so fand er ihn bald mit der gleichen Schülerschar im nächsten Gäßchen wieder. Er schloß auch diesen Cheder und nahm ein Protokoll auf, aber siehe da! Der Lehrer hat sich auf den Dachboden der Weiberschul verzogen und läßt sich von dort im Chor mit seinen zwanzig Schülern vernehmen – ein Unglück diese jüdischen Kinder, man kann ihnen die Lust zum Lernen gar nicht austreiben!

»Schön, hast du dich auf den Boden verkrochen, so sitz dort, meinetwegen, bis du platzt, aber mach keinen Lärm, daß meine Ohren es wenigstens nicht hören!« so zankte Plissetzki mit dem Lehrer und schwor, ihn binnen vierundzwanzig Stunden aus Teplik auszuweisen, wenn er ihn noch einmal erwischen sollte. Der Lehrer hörte sich das bedächtig an, ließ sich aber nicht anfechten. Er stieg vom Dachboden der Weiberschul in irgendeinen Keller hinab und setzte dort seinen Unterricht fort, und justament mit jenem Singsang, ohne den das jüdische Lernen genausowenig schmecken würde wie die kalte Kugelspeise, welche die modischen jüdischen Aristokraten in den großen Städten an Wochentagen essen ... Haman Iwanowitsch hatte so lange mit den Lehrern Krieg geführt, bis er ausspuckte und von da ab tat, als merke er nichts ...

Der Tepliker Reiche Scholem Beer Tepliker

Da die meisten Einwohner von Teplik Juden sind, hatte der neue Polizeihauptmann fast ausschließlich mit Juden zu tun. Er lernte binnen kurzer Zeit alle Tepliker Hausväter kennen, nannte jeden einzelnen mit Namen, war bald in ihre Angelegenheiten und wichtigsten Geheimnisse eingeweiht, sprach mit ihnen halbjiddisch und wurde bald vertraut und weich wie Wachs – kurz ein Freund!

Als die Reichen, die Tüchtigen und Kochlöffel, die gerne herrschen, erkannt hatten, daß der Herr an sich heranläßt, begannen sie sich an ihn heranzupirschen, vorerst mit einem Stück Sabbatfisch, mit einem Gläschen Osterschnaps und einem Imbiß dazu, einem Häppchen jüdische Mazze; allmählich aber wurden sie so zutraulich, daß sie es auch versuchten, mit einem Lächeln sich ihm zu nähern und ihm etwas in die Hand zu drücken. Doch damit kamen sie bei diesem Haman so bös an, daß sie ihre

Kindeskinder warnen werden, einem Polizeihauptmann je wieder in dieser Weise nahezutreten, bevor man genau weiß, wie und was …

»Du glaubst wohl, Joßke, daß du mich schmieren kannst mit deinen Moneten, bist ein großer Gauner also! Marsch, in den ›Cheder‹!«

Die Worte ›Marsch in den Cheder‹ waren ihm sehr geläufig, und das bedeutete einsperren, ins Loch stecken oder gar per Schub nach Heißin schicken. Und hatte er einmal das Wort ausgesprochen, so war es vorbei: alle Könige des Morgen- und Abendlandes hätten da nichts mehr ausgerichtet! So beschaffen war nun einmal diese Kreatur. Anderseits – wer kennt sich da aus? – geriet ein armer Teufel in seine Fänge, der nichts für seine Wegzehrung hatte, so konnte es passieren, daß ihm dieser Missetäter aus eigener Tasche einen Rubel oder zwei zusteckte und in seiner gemischten Sprache hinzufügte:

»Hier hast du ein Darlehen für Reisespesen!«

Doch ebenso wie er mit den Armen Mitleid hatte, ebenso verhaßt waren ihm die Reichen. Ganz besonders hatte er es aber auf den Tepliker Magnaten Scholem Beer Tepliker abgesehen, den er nicht ausstehen konnte. Lange suchte er vergeblich nach einem Vorwand, einer kleinen Übertretung, bis ihm Gott half und er ihn packen konnte. Die Sache spielte sich folgendermaßen ab:

Der besagte Scholem Beer Tepliker war, abgesehen davon, daß er ein reicher Mann war, dazu noch ein Starrkopf, hochfahrend, überheblich und auf Sieg erpicht. Wenn er sich etwas in den Kopf setzte und sich darauf versteifte, dann wäre es leichter gewesen, Teplik an einen anderen Ort zu versetzen, als ihn davon abzubringen. Als Haman Iwanowitsch das Verbot erließ, Kehricht auf die Gasse zu werfen und Spülicht vor die Türe zu schütten, da tat Scholem Beer Tepliker folgenden Ausspruch:

»Wen geht das an? 's ist mein Kehricht und mein Spülicht, so kann ich damit machen, was mir gefällt.«

»Reb Scholem Beer«, versuchte man ihn zu überzeugen, »wenn der Haman den Spülichteimer erblickt, wirds bös ausgehen.«

»Ach was!« machte Scholem Beer, der nicht gern viel redete.

»Reb Scholem Beer, es setzt ein Strafmandat!«

»Meinetwegen siebenundsiebzig Strafmandate!«

»Reb Scholem Beer, es könnte jemand vor Eurem Haus, Gott behüte, ausgleiten und sich ein Bein brechen, mögen wir alle von Unglück verschont bleiben!«

»Hals und Nacken!« antwortete Scholem Beer und befahl, Spülicht und Kehricht erst recht vor die Türe zu schütten.

Als eines Tages Plissetzki mit einem Polizisten

erschien und ein Protokoll aufnahm, stellte sich Scholem Beer erst hin, um sich mit ihm auseinanderzusetzen, wie das eben nur ein Reicher kann. Darauf forderte ihn Plissetzki auf, besser zu schweigen, wobei ihm einige derbe Worte entfuhren wie ›jüdische Frechheit!‹, ›Schweig, du jüdische Fratze!‹ und dergleichen Liebenswürdigkeiten mehr. Das verdroß unsern Reichen, und er schimpfte den Polizeihauptmann einen Haman, ja, er wiederholte in Gegenwart von Zeugen, er sei der wahre Haman, der Haman aus der Megilla Esther. So wurde auch das zu Protokoll genommen und hatte zur Folge, daß unter entsprechender Auslegung eines bestimmten Paragraphen unser Scholem Beer Tepliker mit Verlaub zu zwei Wochen Gefängnis verurteilt wurde, – es half da kein Herrgott und niemand!

Es versteht sich, daß ganz Teplik über diese Begebenheit kopf stand. Man denke, der Magnat zu zwei Wochen Gefängnis verurteilt! Die ganze Stadt zog hinaus, um zu sehen, wie man Scholem Beer in den ›Cheder‹ abführte; es blieb kein Kind in der Wiege, wie man zu sagen pflegt. Scholem Beer Tepliker schritt mit gesenktem Kopf über den Marktplatz zur Wachstube, und seine Frau Stißje Perl, die Magnatin, hielt sich vor Scham zu Haus verborgen. Das ganze Städtchen stand da, sah zu und schwieg, im Herzen eher zufrieden: erstens, die Schadenfreude, es geschieht ihm recht: warum muß so einer auch auf seinen Reichtum pochen, zweitens war Scholem Beer Tepliker überhaupt nicht sonderlich beliebt, weil er, verzeiht den Ausdruck, ein großes Schwein, ein Geizhals war, und seine Frau Stißje Perl, die gönnte einem Armen nicht ein Stück Brot, obwohl sie, wie man in Teplik sagt, ›mit Geld vollgestopft‹ und kinderlos waren. ›Wenn ich ihr Geld hätte‹, pflegte sich jeder Tepliker zu wünschen und war bereit mit sich handeln zu lassen, ›hätte ich wenigstens die Hälfte oder nur ein Drittel von ihrem Geld, so würde die Stadt viel mehr Genuß davon haben!‹ Was wohl möglich ist. Da aber in Teplik nur Scholem Beer und seine Frau Stißje Perl Geld besaßen, sonst aber niemand, so hatte dort niemand Genuß davon: weder die Stadt noch der reiche Scholem Beer selbst, noch seine Frau, die Magnatin. Oder hatten die beiden doch etwas davon? Es kommt darauf an, was man unter Genuß versteht. Die Tepliker Juden nennen es Genuß, wenn man stets obenan sitzt, sei es im Bethaus oder bei einer Beratung oder sonst bei festlicher Gelegenheit. Genuß ist, wenn einem jedermann mit dem Gruß ›Gut Schabbes, gut Jontew oder guten Morgen!‹ zuvorkommt, wenn die andern schweigen, sobald man selbst redet, und was immer man sagt, als die Weisheit selbst gilt. Genuß ist es, wenn einmal im Jahr, zum Fest der Gesetzesfreude, das ganze

Städtchen sich beim Magnaten Scholem Beer Tepliker zu Schnaps und Zuckergebäck einfindet. Er sitzt wie ein König obenan und fordert die Gäste zum Trinken auf, indessen seine Frau Stißje Perl, die Magnatin, in die Gläser schielt ... Eine Weise wird gesungen, ein Tänzchen wird getanzt – lauter Vergnügungen von solcher Art, die keiner mitempfinden kann, der nicht aus Teplik ist. Und überhaupt, was ist das allein schon für ein köstliches Gefühl, der einzige in seiner Art, die Hauptperson zu sein!

In Teplik gab es eben nur diesen einen Scholem Beer Tepliker, sonst niemanden.

Ein lustiger Habenichts

Gäbe es in Teplik keine Anzeigen und keine Angeber, Menschen, die aufeinander aufpassen, daß keine Verbrechen und keine Betrügereien begangen werden, so würden neunundneunzig von hundert Vergehen unbestraft bleiben, und Teplik wäre voll von Sündern, wie einst – nicht in einem Atem genannt – Sodom. Doch paßt man hier besonders scharf aufeinander auf, und wenn einer das Unrecht des andern merkt, hört oder wittert oder auch nur im entferntesten vermutet, so setzt er sich hin und schreibt: ›So und so verhält sich die Sache, und wenn Ihr vielleicht nicht glaubt, so bemüht Euch selbst an den und den Ort, da werdet Ihr das und das finden ...‹ Stellt sich später heraus, daß es Unsinn war, so ist auch das kein Unglück; bestraft wird man dafür nicht, man braucht ja nicht mit seinem eigenen Namen zu unterschreiben, man kann sich unter einem Decknamen verstecken, zum Beispiel ›Ein wahrhafter Mensch‹ oder ›Ein guter Freund‹ oder ›Ein Freund der Gerechtigkeit‹. Es geht auch ganz ohne Unterschrift, wenn nur hingewiesen wird, wohin man gehen und was man suchen soll ... Plissetzki durfte sich mit Recht rühmen, keine Spitzel zu benötigen, die Tepliker Hausväter besorgten das selbst.

Nach dieser Einleitung wird man sich nicht mehr wundern, daß eines schönen frühen Morgens Berl der Rote mit dem Hinkefuß umzingelt wurde, gerade im Moment, als er mit geschürzten und in den Gürtel gesteckten Rockschößen auf dem Boden saß und damit beschäftigt war, den von ihm selbst fabrizierten Rosinenwein aus einem Glasgefäß in kleinere Flaschen abzufüllen, die er dann selbst an seine Kundschaft am Freitag auszutragen pflegte: es war der Wein für den Sabbatsegen. Er kaute die Korken mit großem Eifer zurecht und verschloß die Flaschen, indem er mit der flachen Hand darauf schlug, wobei er ordentlich schwitzte. Plissetzki öffnete behutsam die Tür, sah den eifrig arbeitenden Berl und blieb eine Weile auf der Schwelle stehen. Dann winkte er dem Polizisten. Als Berl seinen Blick erhob und Haman Iwanowitsch in der Tür stehen sah, richtete er sich auf, humpelte mit seinem Hinkefuß auf ihn zu und sah ihm gerade in die Augen, als wollte er sagen: ›Willst mich wohl bestrafen? So bestraf mich, was kannst du bei mir schon holen? Meine Armut?‹

Wie kommt es, daß unser Berl sich so mutig fühlte? Weil er keinen Grund hatte, sich zu fürchten. Freilich stellte er Wein aus Rosinen her, füllte ihn in Flaschen ab, verteilte sie in seinem Bekanntenkreis für den Sabbat und fristete davon sein Leben, – aber ach und weh! was war das für ein Wein und was war das für ein Leben! Der Wein war kein Wein, nicht der Rede wert, gerade noch gut genug, um das Gebot zu erfüllen und den Segen darüber zu sprechen: ›der Du die Frucht der Rebe geschaffen‹ – immerhin kein gemeiner Fusel und immerhin eine Art Tätigkeit und eine Einnahme, und wenn es auch, Gott sei's geklagt, zu nichts mehr langte als zum Wasser für den weißen Sabbatwecken, besser als nichts war es doch. Ach, wie viele Juden gibt es in Teplik, die gar nichts tun, gar nichts verdienen und gar nichts haben, wirklich gar nichts …

Und eben diese gar nichts habenden Juden, die nichts tun, nichts verdienen und nichts besitzen, neideten es Berl dem Roten, daß er wie ein Magnat lebte, jeden Sabbat, wie man sagte, Fisch und

Fleisch hatte, vom Weißbrot zu schweigen; er konnte seine Kinder in den Cheder schicken und ihnen ein Gewand schaffen, und eine Ziege besaß er auch – und das alles von dem Häufchen Rosinen, die er verpanschte, um daraus Wein zu machen. Das genügte, damit ein wohlgesetzter Brief an Plissetzki gerichtet wurde, der solchermaßen anhub:

›Da wir ständig nur den Fiskus und seine Interessen im Sinne haben und da es für den Fiskus eine große Einbuße ist, wenn jemand ohne Lizenz Handel treibt, und da Berl der Rote, Berko der Hinkefuß genannt, schon so viele Jahre ohne jede Lizenz einen Weinhandel betreibt und da besagter Berl der Rote, auch Berko der Hinkefuß genannt, den Wein eigenhändig anfertigt und da dies eine richtige Fabrikation ist usw. ...‹

Mit der Tapferkeit des armen Mannes ist nicht zu spaßen: je ärmer er ist, desto mutiger ist er, vielleicht mutiger als der größte Magnat. – Ich selbst hörte einmal zwei Leute sich auseinandersetzen und wie der eine von ihnen sich folgendermaßen vernehmen ließ: »Wie darfst du dich mit mir vergleichen, du Grindkopf! Du besitzt ja ein Paar ganze Stiefel und einen Mantel, während ich an so was nicht einmal denken darf!«

Diese Worte wurden mit einer Großartigkeit ausgesprochen, daß Rothschild, hätte ers mitangehört, sicherlich kleinmütig geworden wäre.

Haman Iwanowitsch besichtigte indessen Berls des Roten Gemächer, es waren drei Stuben oder vielmehr zwei Alkoven und eine Küche: alle drei Räume waren mit Betten vollgestellt, und die Betten wimmelten von Kindern. Die Kinder halb nackt, das heißt nur bis zum Nabel bekleidet und barfuß. Für diese halbnackte, barfüßige Gesellschaft war der Polizeihauptmann eine hochinteressante Erscheinung, wie sie noch nie eine gesehen hatte. So waren sie nicht faul, aus den Betten zu springen und sich verstohlen an den Herrn heranzuschleichen. Neugierig blickten sie ihm ins Gesicht, beguckten die goldnen Knöpfe und versuchten sogar, die Quaste seines Säbels zu berühren, indessen Plissetzki folgende Unterhaltung mit Berl dem Roten führte, die wir wortgetreu wiedergeben:

Plissetzki: Wie man mir schreibt, mußt du ein rechtes Stück Geld verdienen?

Berl: Man darf nicht klagen, gebe Gott, daß es nicht schlimmer wird, und für besser gibts keine Grenzen.

Plissetzki: Warum laufen deine Kinder nackt und barfuß herum?

Berl: Damit sie besser wachsen.

Plissetzki: Und was machst du mit dem Geld?

Berl: Ich mache so, wie der Talmud uns lehrt.

Plissetzki: Der Talmud? Und was lehrt er euch?

Berl: Er lehrt uns, das Geld in drei Teile zu teilen: ein Drittel in die Erde zu stecken, ein Drittel in bar zu behalten und ein Drittel ins Geschäft zu tun.

Plissetzki: Du scheinst mir ein lustiger Bruder zu sein!

Berl: Was soll ich mich sorgen? Mir fehlt nichts, und ich hab nichts. Sag du mir lieber, mein Herr, was die Leute dir über mich schreiben und was mir nach deiner jetzigen Visite bevorsteht?

Plissetzki: Wenn du alles wissen willst, wirst du früh alt werden. Öffne mal erst alle deine Schränke. Ich muß Haussuchung bei dir halten. Am Ende finden sich außer dem Wein noch allerhand gute Sachen bei dir.

Berl: Es soll mir eine große Ehre sein! Findest du irgendwo Geldscheine, Gold oder Silber, dann teilen wir halbpart, jeder kriegt die Hälfte …

Plissetzki: Du bist mir so lustig wie einer vor dem Tode.

Berl: Kann schon sein, niemand weiß, was morgen sein wird, wie im Talmud geschrieben steht: ›Kehre um einen Tag vor deinem Tode.‹ Und da der Mensch nicht weiß, wann der Todesengel ihn antreten kann, so …

Hier schnitt ihm Haman Iwanowitsch das Wort ab, rief die draußen wartenden Polizisten herein und befahl, ihn in den ›Cheder‹ abzuführen. Als Berl dies vernahm, wurde ihm im Innern kalt, und in der Stube erhob sich ein Jammern, als würde ein Toter hinausgetragen.

Es versteht sich, daß die Kunde sich bald von einem Ende der Stadt zum anderen verbreitete, aus allen Gassen lief man zusammen, um zu sehen, wie wieder ein Jude in den ›Cheder‹ abgeführt wurde, ohne daß man wußte, wofür. Das heißt, wofür, das erfuhr man bald, und konnte denn so etwas in Teplik ein Geheimnis bleiben? Besonders da man gesehen hatte, daß Haman Iwanowitsch eine Flasche Rosinenwein davontrug. Jetzt handelte es sich nur darum, zu wissen, was ihm dafür bevorstand? Geldstrafe oder Gefängnis? Und darüber zerbrachen sich die Tepliker Juden den Kopf und hatten mit Berl dem Habenichts viel mehr Mitleid als mit dem reichen Scholem Beer, konnten aber nicht helfen, es sei denn mit einem Seufzer.

Noch ein Verbrecher

An diesem Tage wütete Haman Iwanowitsch besonders arg unter den Tepliker Juden. Er griff noch einen auf, der eigentlich gar nichts verbrochen hatte. Damit hatte es folgende Bewandtnis: es gab in Teplik einen Lehrergehilfen Henoch, genannt der Ledige. Henoch hatte einen älteren Bruder David Leib. Besagter Leib sollte in diesem Jahr vor die Aushebungskommission und bewarb sich um Befreiung auf Grund dessen, daß sein jüngerer Bruder Henoch, wie David Leib behauptete, minderjährig war und das achtzehnte Jahr noch nicht erreicht hatte – das gleiche wiesen auch die Dokumente aus, die er der Aushebungskommission vorgelegt hatte. Aber es genügt noch lange nicht, wenn ein Jude etwas behauptet und Dokumente vorlegt. Man wünschte sich durch den Augenschein zu überzeugen und das Alter festzustellen. So traf denn bei Plissetzki ein amtliches Schreiben ein, er möge Henoch nach Heißin schaffen. Bei Plissetzki aber war es so, wenn es hieß zur Stelle schaffen, dann mußte geschafft werden. Er schickte also den Polizisten zu ihm, und der Jüngling wurde auf die Wachstube verbracht.

Die Farbe von Henochs Gesicht war die einer Leiche. Dazu hatte er auf dem einen Auge den Star, und mit dem andern schielte er, außerdem wackelte er leicht mit dem Kopf. Und der Schreck, als man ihn schnappte und vom Fleck weg mitnahm, ohne daß er wußte, warum und weshalb? – das alles gab seinem Aussehen eine besondere Wüstheit, und den Eindruck, den er auf den Polizeihauptmann machte, war durchaus nicht günstig. Ihre Unterhaltung war kurz, aber lebhaft.

»Bist du Henoch Tellerlecker?« herrschte ihn Plissetzki an und musterte ihn von oben bis unten.

»Ja, ich bin Henoch Tellerlecker«, antwortete der Jüngling kleinlaut; da ihm jedoch einfiel, daß er wohl wegen der Musterung seines Bruders geholt worden sei, beeilte er sich der Frage zuvorzukommen: »Ich bin noch keine achtzehn Jahre alt, so wahr ich ein Jude bin!«

»So? die Sabatte und Feiertage nicht mitgerechnet?« antwortete Plissetzki und sah ihm gerade in die Augen, wobei er den Star gewahrte. Dieser

Blick machte Henoch erschauern, es wurde ihm dunkel vor den Augen und schwach ums Herz, ein trauriger Gedanke flog ihm durch den Kopf: ›Aus mit der Vergünstigung, David Leib ist verloren.‹ Und da Henoch darauf brannte, seinem armen Bruder einen Dienst zu erweisen, so wurde er auf einmal ein richtiger Fürsprech und legte auf Tod und Leben los: »Ich schwöre, daß ich nicht älter bin als siebzehn Jahre und einen Monat, eher sogar einen Monat jünger als siebzehn, so wahr ich mir wünsche, in Frieden nach Hause zurückzukommen! Seht nicht darauf, daß ich vielleicht älter aussehe, wir habens in der Familie, so einen Wuchs, heißt es, uns beginnt schon mit fünfzehn der Bart zu sprießen.« – Plissetzki betrachtete Henoch, schüttelte den Kopf und lächelte, als wollte er sagen: ›Zu deinem Star am Auge und zu deiner Leichenfarbe steht der Bart recht, wahrhaftig ...‹ Darauf befahl er dem Polizisten, ihn in den ›Cheder‹ abzuführen, bis er die Papier durchgesehen haben würde. Henoch verlor mit einem Mal seinen ganzen Mut, sein Gesicht wurde noch fahler, und er gab im Herzen seinen Bruder auf. ›Ach, es steht schlimm um dich, David Leib, ach und weh mir!‹

»Na, höre mal, du Unglücksvogel, Mensch, was verschafft uns die Ehre in diesem Saal? Was hast du ausgefressen, und wer hat dich angezeigt?«

Mit diesen Worten begrüßte Berl der Rote den neuangekommenen Henoch den Ledigen, und der reiche Scholem Beer Tepliker musterte ihn aus einem gewissen Abstand wie einen Dieb, den man eben erwischt hat. Henoch starrte seinerseits den Reichen an, als wäre er auf den Kopf geschlagen, und stark beeindruckt, den Magnaten hier vor sich zu sehen, stammelte er etwas Unverständliches. Berl der Rote dagegen, schon seit jeher ein lustiger Bruder, wie wir wissen, der gerne Witze machte, auch dann, wenn er nichts hatte, um damit den Sabbat zu feiern, – Berl also wollte sich vor dem Reichen zeigen und trieb seinen Ulk mit dem einfältigen Jüngling, wie arme Leute zu tun pflegen, wenn sie mit einem andern Armen zusammentreffen, der womöglich noch schlimmer daran ist, und ihrem Genossen Fußtritte versetzten, um den Reichen zu ergötzen.

»Was mit mir passiert ist, ich weiß es selber nicht, mein David Leib, weh mir! Vielleicht, was weiß ich, alles ist möglich, wenn ich etwas mehr bin als achtzehn, ist er, Gott behüte, verloren ...«

So stammelte Henoch, doch Berl der Rote unterbrach ihn:

»Was plapperst du da mit den Lippen! Red Worte! Sprich deutlich!«

»Ich sage, mein David Leib, der Arme«, antwortet Henoch, hält aber plötzlich inne und fragt:

»Sagt, wie seh ich zum Beispiel in euren Augen aus?«

»Wie du aussiehst? Siehst aus wie ein Wilder«, antwortete Berl, über seinen eigenen Witz lachend, und blickte zum Reichen hin, ob er mitlache ... Doch dem Reichen ist es gar nicht zum Lachen: er betrachtet den abgerissenen, zerlumpten Schlemihl Henoch und wundert sich: ›Wie lebt so was auf der Welt?‹

»Nein«, sagt Henoch und schielt mit dem gesunden Auge nach dem Reichen und mit dem andern nach Berl hin, »nicht das mein' ich. Ich mein', wieviel zum Beispiel würdet ihr mir geben?«

»Was geben?«

»Jahre, mein' ich!«

»Ach so? Wie alt du bist? Ich denke, nicht mehr als zweiundzwanzig, vielleicht auch noch einen Strich drüber.«

Henoch stößt vor Kummer und Wut einen Schrei aus und fällt über Berl her, als hätte dieser ihn umbringen wollen.

»Verrückt geworden oder blöde? Was redet ihr da? Erst vor kurzem ist David Leib zwanzig geworden, Jahre mein' ich, und er ist mindestens zweiundeinhalb älter, jetzt, wie habt ihr das so ausgerechnet? Nur um zu reden?« Und Henoch sah dabei so wüst aus, so traurig, auf seinem Gesicht lag ein solcher Kummer, daß der Reiche sich bewogen fühlte, ihn zu fragen: »Ihr seid wohl zwei Brüder, wie es scheint?«

»Zwei Brüder und 'ne alte Mutter, eine Schwester von dreizehn dient, und noch ein Brüderchen, ein jüngeres ist so gut wie in einem Laden, dann sind da noch zwei kleine Mädchen und ein Junge in der Talmud Thora, und alle auf seinen Schultern; muß er, Gott behüte und beschütze, fort, dann können wir uns Säcke umhängen und betteln gehen von Haus zu Haus ...«

Und Henoch erzählt, so gut er es kann, die ganze Geschichte von der Musterung und der Reklamation und daß jemand, wie es scheint, ihn denunziert habe, er sei älter als achtzehn. Dabei wendet er sich ab, tut so, als wenn er huste, schneuzt sich und wischt sich die Augen.

»Der Ärmste tut einem leid«, entschlüpft es dem Reichen wider Willen.

»Ein Schlemihl!« sekundiert ihm Berl der Rote mit einem halben Lächeln, das zugleich Spott und Mitleid ausdrücken soll, »so wie Ihr ihn da seht, ist er ein rechter Schlemihl, und sein Bruder, ich kenne ihn, ist einfach geschlagen: er taugt zum Soldaten wie ich ...«

Und damit man sehe, daß er, Berl der Rote, nicht zum Soldaten taugte, stellt er sein krummes Bein zur Schau.

Mit eigenen Füßen

Bis zu dem Tage, an dem unsere Geschichte beginnt, ja bis zur letzten Minute wollte der reiche Scholem Beer Tepliker nicht glauben, daß man ihn tatsächlich per Schub nach Heißin schicken würde. Er hatte alles in Bewegung gesetzt, Gesuche geschrieben, Protektionen gesucht, doch Plissetzki hatte sich eben darauf versteift, daß unser Tepliker Magnat einen Ausflug nach Heißin per Schub und justament zu Fuß machen solle.

»Wirst bei mir schon mit eignen Füßen gehen!« hatte Haman Iwanowitsch in seiner russisch und hebräisch gemischten Sprache, wie es so seine Art war, ihm gesagt. Und wie zum Tort war es an einem strahlenden, warmen Sommertag. Wie ein Bräutigam unter dem Baldachin hervor stieg der runde feurige Sonnenball freudig wie ein Held empor und schickte sich zu seiner weiten Himmelsreise an, um alles und jedes mit seinen Strahlen zu erhellen, jedermann mit seiner Wärme zu überfluten – niemand kann sich vor seiner Glut verbergen, wenn er entbrennt und die Erde mit seinem Feuerhauch anglüht. Die Krämer verließen ihre Läden, die Handwerker ihre Werkstätten, die Lehrer ihre Cheder – alle zogen hinaus, um den Reichen mit dem Transport abgehen zu sehen. Und als sie ihn niedergeschlagen mit gesenktem Kopf dastehen sahen, sagten die Tepliker Juden, man könne daraus eine moralische Belehrung ziehen. Im Innern aber waren sie zufrieden, sie empfanden Schadenfreude; Mitleid hatten sie nur mit dem roten Berl und mit dem Jüngling Henoch. Dem Reichen wurden geflochtene Weißbrote, gebratene Enten und sonst allerhand gute Sachen von seiner Frau als Wegzehrung mitgegeben, Berl dem Roten brachten Frau und Kinder einen weißen Wecken, dazu ein Gericht aus Kartoffeln und Fisch und ein Bündel jungen Knoblauch. Nur Hennoch allein blieb ohne Proviant. Als einige mitleidige Seelen das bemerkten, legten sie zusammen und kauften ihm ein Brot, einige Fischchen und Zwiebeln. Alle diese Lebensmittel wurden zu treuen Händen des Transportführers übergeben. Der Polizist nahm sie sehr freundlich an und versicherte, daß nichts davon abhanden kommen werde. In diesem Augenblick erschien Haman Iwanowitsch auf der Rampe und befahl den Aufbruch. Der Transport setzte sich in Bewegung und hinter ihm ganz Teplik.

Die Transportleitung bestand aus dem Polizisten Lawra, einem haarigen Kerl in einer haarigen Joppe, eine haarige hohe Mütze auf dem Kopf, in der Hand einen langen Knotenstock mit großem hölzernem Knauf und einem scharf zugespitzten Eisen am unteren Ende. Die gebratenen Enten und gesalzenen Fische hielt er unter dem einen Arm, die

Weißbrote, den Knoblauch und das übrige Gemüse unter dem andern. Die Amtspapiere hatte er sich vor die Brust gesteckt. Der Zug begann rasch auszuschreiten, rascher, als man erwartet hatte. Die Hast kam daher, weil unsere Gefangenen so schnell als möglich aus der Stadt hinausgelangen wollten; auch baten sie Lawra, die Kinderschar zu vertreiben, die, nicht faul, bereit war, ihnen weit vor die Stadt, über die Mühlen hinaus das Geleit zu geben. Lawra schwang seinen langen Stock mit der eisernen Spitze, die Kinder stoben wie aufgescheuchte Vögel auseinander, und die Arrestanten waren endlich allein im freien Felde. Hier verlangsamten sie ihren Schritt und versuchten mit dem Aufseher zu verhandeln, daß er ihnen erlaube, sich ein wenig ins grüne Gras zu setzen und zu verschnaufen.

Die Transportleitung, das heißt der Polizist Lawra, war durchaus kein böser Mensch. Man konnte es sehr bald bei ihm erreichen, um so mehr, als er selbst Lust verspürte, sich ein wenig auszuruhen und von den gebratenen Enten zu kosten, deren Duft ihm die ganze Zeit schon die Nase kitzelte. Von den jüdischen Weißbroten hatte er bereits einige Stücke abgebrochen und festgestellt, daß sie ganz gut schmeckten; auch von den Fischen hatte er gekostet, zusammen mit dem Knoblauch waren sie gar nicht übel. Da die Arrestanten vorangingen, hatten sie nicht bemerkt, daß der Aufseher kaute.

Doch als sie sich umwandten, sahen sie es und tauschten miteinander ihre Wahrnehmungen aus.

»Der Unbeschnittene ist nicht schlecht bei Appetit«, sagte der Reiche und sah zu Lawra hin, wie er in das Weißbrot griff und sich die Stücke in den Mund stopfte.

»Sagt doch wenigstens: unberufen«, scherzte Berl der Rote, wie es so seine Art war. »Ich kann schwören, daß auch ich Hunger bekomme, wenn ich ihm zusehe. Was meinst du, Henoch? Wird es dir nicht schwach unter deinem Schaufädenlatz?« Der Jüngling Henoch schluckte den Speichel hinunter, wie ein Ochse beim Wiederkäuen, und stieß in seiner verworrenen Sprache hervor: »Kann nicht behaupten so sehr, daß ich hungrig bin, aber einen Happen, warum nicht, wenn was da ist ...«

»Es ist genug da von allem«, sagte der Reiche und sah wieder zum Aufseher hin.

»Ohne einen Schluck Branntwein kann ich das nicht ›von allem‹ nennen«, sagt Berl der Rote und wiederholt es mit Nachdruck auf russisch, damit der Soldat verstehe, wovon die Rede ist.

»Nicht wahr, Lawra? ohne Branntwein wie ohne Zähne«, wendet sich Berl jetzt dreist an ihn.

»So ists«, antwortete der Polizist mit tiefem Ernst.

So ging die Wechselrede eine Weile hin und her, bis ein Beschluß gefaßt wurde: da es von hier gar nicht mehr weit, ein paar Werst nur, nach Granow war, so sollte einer von den Arrestanten, der Jüngling Henoch natürlich, einen Sprung dorthin machen und eine Flasche Branntwein holen. Die anderen zwei verbürgten sich dafür, daß er nicht davonlaufe. Darauf ließen sie sich mitten auf der Wiese ins Gras nieder, auf einer Anhöhe unter einem Baum, und begannen eine Unterhaltung, während der Aufseher daneben saß und den Weg nach Granow im Auge behielt.

Er erinnert ihn an alte Sünden

Wäre ich ein Maler oder zumindest ein Photograph, so hätte ich diese Gruppe im Bild festgehalten, diese drei Geschöpfe, die so gemütlich mitten auf der Wiese saßen, auf der Anhöhe unter dem Birnbaum mit den kleinen grünen Blättchen, einem Baum, auf dem jene winzigen grünen Feldbirnen wachsen, die härter sind als Steine und ganz und gar nicht eßbar, so daß man nicht weiß, wozu Gott sie geschaffen hat ... Zwischen dem Polizisten Lawra mit seiner hohen haarigen Mütze und dem roten Berl mit seinem Hinkefuß und dem roten sommersprossigen, beweglichen Gesicht nahm sich unser Magnat Scholem Beer Tepliker, mit den kleinen Äuglein und dem schüttern Bärtchen, in seinem neuen schwarzen Tuchrock und der schwarzseidenen Schirmmütze auf dem Kopf wie ein Brautvater aus unter gewöhnlichen Hausvätern oder wie eine vornehme Persönlichkeit unter einfachen Leuten, denen er die Ehre seiner Gesellschaft zuteil werden läßt. Ein solcher Mann weiß schon, wie er sich zu benehmen hat, das heißt, er benimmt sich scheinbar schlicht, als wäre er ihresgleichen, und doch wieder anders als die anderen. Man spricht von dem, das ihm gerade genehm ist, was er sagt, wird aufmerksam angehört, und wenn ein anderer spricht, darf er ihn mittendrin unterbrechen.

»Was sagt Ihr zu der Hitze?« wandte er sich mit einem Seufzer zu Berl dem Roten. Er sah sich um, schob die Ärmel bis zu den Ellenbogen hinauf und fächelte sich mit seiner seidenen Mütze Luft zu.

»Fürwahr, es ist nicht gerade kalt«, antwortete Berl und warf ebenfalls einen Blick in die Richtung, wo der Reiche hinsah.

»Wenn es nur nicht regnet«, fuhr der Reiche fort und sah zum Himmel hinauf.

»Ja, das würde uns zu unseren seidenen Kleidern gerade passen!« redete ihm Berl nach dem Munde und blickte wieder in die gleiche Richtung wie der Reiche.

»Kein übler Kerl, unser Hüter«, sagte Scholem Beer und sah einem langen leeren Gefährt nach, das, von zwei großen Ochsen gezogen und von einem kleinen Jungen, der mit der Peitsche knallte, gelenkt, an ihnen vorbeifuhr.

»Unser Hüter?« sagte Berl. »Man dürfte ruhig drei Juden für ihn hergeben, ich meine solche, die einen armen Mann anzeigen, weil er ein paar Flaschen Rosinenwein herstellt und an seine Bekannten für den Sabbatsegen verkauft und davon seit Jahren mit Weib und Kindern lebt.«

»Was meint Ihr?« unterbrach ihn der Reiche und blickte auf den Weg nach Granow, »was meint Ihr? Er konnte sich doch nicht verirren, das heißt durchbrennen, dieser Jüngling – wie heißt er doch?«

»Dieser Trottel?« antwortete Berl und sah ebenfalls auf den Weg nach Granow. »Hat er denn etwas verbrochen, etwas Kriminelles getan, daß er fliehen soll? Er ist genau ein solcher Verbrecher wie ich, zum Beispiel.«

»Was habt Ihr, zum Beispiel, wohl für so eine Sache zu erwarten?« überfällt ihn plötzlich der Reiche und mustert Berl von oben bis unten mit einem Auge; das andere hält er geschlossen und kaut einen Grashalm zwischen den Zähnen.

»Wofür? Für den Rosinenwein? Keine Zuchthausstrafe jedenfalls, für dieses Kriminalverbrechen, beileibe nicht. Aber kann ich denn wissen, was sie mir dort für eine Buße aufbrummen? Von mir aus, sollen sie mich büßen, was mach ich mir daraus? Was können sie mir nehmen? Meine Ar-

mut? Es sei denn – absitzen, nun gut, dann sitze ich eben einige Tage! Aber Ihr? Ihr seid doch, unberufen, ein reicher Mann, so wahr ich lebe! Ich will Euch die Wahrheit sagen, Reb Scholem Beer, nehmt es mir nicht übel, ich an Eurer Stelle würde mich einer solchen Dummheit wegen, wegen eines Kübels Spülwasser nicht in den ›Cheder‹ stecken lassen. Erstens hätte ich mich der Polizei gegenüber nicht so versteift, und zweitens ließe ich mich, wenn ich Eures Standes wäre, wegen dergleichen nicht per Schub transportieren. Die Stadt hätte es auch gar nicht zulassen dürfen, daß der reichste

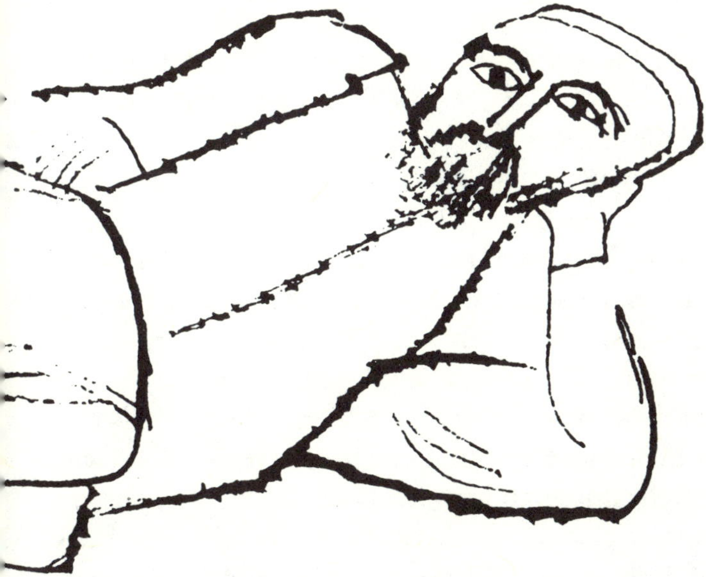

Mann, der Magnat von Teplik, per Schub abgeführt wird, wie ein ›gemeiner‹ Mann, wie alle anderen Habenichtse ...«

In Teplik wäre Berl der Rote mit einer solchen Sprache bei dem Reichen schlimm angekommen, für dergleichen Reden hätte er ihn sicherlich mit dem Kopf voran zur Tür hinausbefördert. Hier jedoch, unterwegs per Schub nach Heißin, nahm es Scholem Beer demütig hin, jetzt durfte man ihm alles sagen. Und Berl der Rote benutzte die Gelegenheit, um mit ihm nach Herzenslust abzurechnen, und tat das mit ähnlichen sanften Reden, ohne irgend Anlaß zum Streit zu geben. Er rückte mit seinem Hinkefuß so dicht an den Reichen heran, daß dieser ein wenig von ihm abrückte, und hob folgendermaßen an:

»Ihr wißt doch wohl, Reb Scholem Beer, wie lange wir uns kennen? Wir kennen uns schon eine ganze Reihe von Jahren! Ich erinnere mich an Euch, wie Ihr noch so ein Knirps wart (Berl hält dabei die Hand nah am Boden). Ihr dürft wohl in meinem Alter sein oder ein bis zwei Jahre älter. Ihr müßt Euch meiner noch entsinnen, denn mein Großvater und Euer Vater waren – erschreckt nicht! – sie waren nicht miteinander verwandt, das heißt, genauer gesagt, vielleicht doch, ganz ferne Gliedgeschwister, eine sehr weitläufige Verwandtschaft von Mutters Seite, – aber sehr nahe Nachbarn im alten Bethaus, die Plätze einander gegenüber, Euer Vater saß an der Ostwand und mein Großvater in der Bank gegenüber, so daß Ihr uns beim Achtzehngebet den Rücken zugewendet habt. Ich erinnere mich sogar noch an Eures Vaters atlassenen glänzenden Rücken mit den breiten Schultern, mit dem breiten silbernen Streifen am Gebetmantel. Und an meinen Großvater, Reb Naftoli den Weiner, dürft Ihr Euch wohl auch noch erinnern, er pflegte seinen vergilbten Gebetmantel sich über den Kopf zu ziehen und mich zu kneifen, damit ich eifriger ins Gebetbuch hineinblicke, denn ich hatte so viel Lust zum Beten wir Ihr wohl auch. Das habe ich ganz gut bemerkt: ich stand ja hinter Euch: während des stillen Achtzehngebets pflegtet Ihr nur Eure Stiefel zu betrachten, die so schön knarrten. Wie beneidete ich Euch bloß schon um Eure stets neuen Stiefel, während meine immer alt und voller Flicken waren. Ich konnte wegen meines kranken Fußes nie richtige Stiefel tragen; und wegen dieses kranken Fußes hatte ich viel Leids auszustehen: abgesehen davon, daß mir das Gehen so schwer wurde, pflegte man mich noch zu verspotten, mir ›Hinkefuß‹ nachzurufen und meinen Gang nachzuäffen. Und am meisten habe ich von Euch auszustehen gehabt, Reb Scholem Beer, seid nicht beschämt darüber, und von anderen Herrensöhnchen, reicher Leute Kindern, wie Ihr ...«

»Von mir?« fragte der Reiche überrascht und erinnerte sich auch gleich, daß es die Wahrheit sei; sie pflegten ihm in der Tat nachzuäffen, wie er auf einem Fuß einherhüpfte.

»Das Nachäffen wäre an sich nicht so schlimm gewesen; aber Ihr wolltet mich unter Euch nicht dulden, Ihr jagtet mich mit Stöcken davon und tratet mir absichtlich auf den kranken Fuß, mit dem Absatz auf die Zehen, zufällig scheinbar, – damit es weh tue, damit ich schreie. Und wenn ich schrie, dann lachtet Ihr und hieltet Euch die Seiten ...«

»Das kann nicht sein, das denkt Ihr Euch wohl nur aus!« rief der Reiche aus und errötete vor Scham darüber, daß er mit einem Krüppel so umgegangen war, und erinnerte sich, wie verwöhnt und verhätschelt er selbst wurde und wie er machen durfte, was ihm einfiel.

»Nun, so werde ich Euch an einen bestimmten Fall erinnern: ich erzählte das meinem Großvater, und der Großvater beklagte sich bei Eurem Vater, der aber wollte es nicht wahrhaben und schrie den Großvater zornig an, sein Söhnchen sei ein ruhiges Kind und lasse sich gewiß nicht mit armer Leute Kindern ein. Versteht Ihr? *Armer Leute Kinder!* So erfuhr ich damals, wer ich bin, ein Kind armer Leute. Ich drang in den Großvater, mir zu sagen, was das bedeute; und er machte es mir klar, was das ist, ein Kind armer Leute und ein Kind reicher Leute. Doch konnte ich nicht begreifen, warum ein Kind reicher Leute dem Kind armer Leute auf den Fuß treten dürfen soll und das arme Kind dazu schweigen muß? Ich fragte den Großvater, und er sagte mir: darum weil ein Reicher kein Armer und ein Armer kein Reicher ist, das heißt, ein Reicher ist ein Reicher und ein Armer ein Armer ... Das konnte ich nicht verstehen und sah ihm in die Augen, daß ich vielleicht dort etwas entdecke, was mir diese Worte erklärt, aber ich sah nichts in seinen Augen. Ich sah nur etwas wie eine dunkle Wolke über seinem Gesicht und Furchen auf seiner Stirn, sonst nichts ... Ich muß Euch bekennen, seit damals, so lang es auch her ist, haßte ich die Reichen und die Kinder der Reichen, am meisten aber haßte ich Euch ...«

»Mich?« Der reiche Mann bewegte die Hand unwillkürlich nach seinem Herzen.

»Euch, Euch! Ihr wart ja damals noch ein kleiner Junge, nehmt es mir nicht übel, ein Bürschlein, wir waren damals doch beide, wie sagt man? junge Lämmer. Später erst, als wir heranwuchsen und Barmizwa-Jungen waren, fast schon Jünglinge, da pflegtet Ihr Euch von mir wegzuwenden, als kenntet Ihr mich nicht, Ihr hattet Angst mich anzusehen, ich könnte Euch ja ›gut Schabbes‹ wünschen, und Ihr müßtet mir darauf, Gott behüte, mit einem ›gut Jahr‹ erwidern, was Euch wohl zu schade war, es lohnte nicht ...«

Reb Scholem Beer Tepliker rückte auf seinem Platz hin und her und wehrte mit der Hand ab, als wollte er sagen: ›Falsch ... es war gar nicht so‹ ... Aber im Innern wußte er, daß es doch wahr sein konnte, denn sein Vater pflegte es ihm stets einzuschärfen, daß er etwas anderes sei als die anderen Jungen ...

»Nehmt es mir nicht übel, Reb Scholem Beer, eben Kleinigkeiten vergißt man nicht ... Zu meiner ersten Hochzeit (Ihr habt vor mir geheiratet) –

schickte ich Euch eine Einladung, darauf habt Ihr nicht einmal schriftlich gratuliert ...«

»So wahr ich lebe, ich erinnere mich nicht ...«

»Wie solltet Ihr auch an so etwas denken? Ihr erinnert Euch zum Beispiel sicher auch nicht daran: als mir meine erste Frau starb, schickte ich meinen Onkel Joßje (mein Großvater ruhte damals schon im Staub) zu Euch, um Euch zu sagen, daß ich mit zwei kleinen Waisen dastehe wie auf dem Wasser. Da ließet Ihr mir antworten, Ihr seiet ein junger Mann, der sich um Gemeindeangelegenheiten nicht kümmere ...« – »Hab ich das geantwortet? Hat Euer Onkel, verzeiht, Euch nicht falsch berichtet? ...«

»Möglich, vielleicht habt Ihr recht ... ich weiß nur, daß Ihr mir weder damals noch ein anderes Mal geholfen habt, als ich, nicht gedacht sei dessen heute! abgebrannt war und nur das nackte Leben gerettet hatte. Und auch später nicht, als wir uns einmal in Heißin trafen, im Gasthof, wenn Ihr Euch erinnert, auf dem Jahrmarkt. Ihr wart hingekommen, um, wenn ich mich nicht irre, ein paar Pferde oder eine Kuh zu kaufen oder vielleicht gar Getreide zu verkaufen ...«

Der Reiche rieb sich die Stirn, wie einer, der sich bemüht, sich an etwas zu erinnern, was er vergessen hat, und wunderte sich, wieso er das vergessen konnte und der andere nicht. Es paßte ihm nicht, daß der rote Berl, der in Teplik niemals die Ehre gehabt hätte, mehr als zwei Sätze zu ihm zu sprechen, es jetzt wagte, ihm seine Fehler vorzuhalten, ihn an alte Sünden zu erinnern. Die Geschichte paßte ihm nicht, aber gerade, als er sich zum Sprechen anschickte, kam Henoch mit einer Flasche Schnaps aus Granow zurück, ganz atemlos, so war er gerannt, aus Angst, es könnte ihm jemand mit dem Schnaps begegnen. Und alle drei Verbrecher ließen sich darauf zu dem Mahl nieder, genehmigten sich einen Tropfen und bewirteten auch ihren Hüter mit einigen Gläschen. Der lehnte nicht ab, er verzog nur das Gesicht, wischte sich den dicken Schnauzbart mit einem Zipfel der haarigen Joppe ab und schickte Granow mit seinem starken Schnaps zu allen Teufeln.

»Zu bitter, alle sieben Teufel über ihn«, rief Lawra mit einer Handbewegung, wie einer, der sich zuschwört, nie mehr einen Tropfen zu trinken. Als jedoch die Fische verzehrt waren, die Ente drankam und ihm wieder ein Gläschen angeboten wurde, da kostete es zwar einige Mühe, doch gelang es, ihn sogar zu bewegen, es bis zur Neige zu leeren, weil noch ein anderes darauf folgen sollte.

Nach dem Imbiß lagerte sich die Gesellschaft im Schatten des Birnbaums, nicht etwa, um ein Schläfchen zu machen, sondern einfach, um in den blauen Himmel zu starren, zuzusehen, wie die kleinen

Wölkchen sich einander nähern, zerreißen, wie Rauch zerfließen und den Flug von Raben zu beobachten, die in zwei rechtwinkelig zueinander ausgerichteten Reihen in den Lüften schwebten, schwebten und doch auf dem gleichen Fleck zu bleiben schienen.

Nach dem Essen mit dem Gesicht nach oben zu liegen und in den Himmel zu starren, ist das beste Mittel zum Einschlafen. Als erster erwies das der Polizist Lawra, der ein fürchterliches Schnauben wie ein erschrecktes Pferd hören ließ. Die Begleitung dazu ertönte aus Henochs Nasenlöchern, die auch nicht übel arbeiteten, obgleich er immer wieder über seinem eigenen Schnarchen aufwachte und auf seine Art stammelte:

»Sehr müde bin, weil gerannt, vier gute Werst, immer gefürchtet, er kommt, behüte, und schnappt mich, der Polizeihauptmann heißt das ...«

Der reiche Scholem Beer Tepliker und der rote Berl schliefen nicht. Jener begehrte sehr zu wissen, was für ein Anliegen Berl damals auf dem Jahrmarkt in Heißin an ihn hatte. Und Berl tats ihm zu Gefallen und erzählte ihm die Geschichte, die wir im folgenden Wort für Wort in seiner Sprache getreu wiedergeben.

Kleinigkeiten vergißt man nicht

»Nehmt es nicht übel, Kleinigkeiten vergißt man nicht.« So begann Berl seine Erzählung in lebhaftem Ton, wie es seine Art war. »Ich kam damals nach Heißin nicht zum Jahrmarkt, denn meine Ochsen wurden noch großgefüttert, und meine Schiffe auf dem Meer waren noch in weiter Ferne. Was hatte ich also in Heißin auf dem Jahrmarkt zu suchen, wollt Ihr wissen? Ich kam dazumal hin, um einen Freier für meine Tochter kennenzulernen, für die ältere nämlich, aus erster Ehe. Ich hatte es mir überlegt, versteht Ihr – das erste Kind, eine Waise, obgleich noch jung, doch die Stiefmutter liegt mir in den Ohren: ›Verheirate sie.‹ Fragt sie, was sie davon hätte, wenn ich das Kind so bald verheirate? Wer wird ihr kochen helfen und backen und den Kindern die Köpfe waschen? Und wen wird sie ausschimpfen und an den Zöpfen zausen? Doch was nützt es, mit einer Frau zu reden! Kurz und gut, es blieb dabei, sie soll verheiratet werden. Aber leicht gesagt: verheiraten! Womit? Mit leeren Händen? In unserem Stand muß man doch ein Kind, auch wenn noch so bescheiden, einkleiden. Zwar, was nennt sich da schon einkleiden? Ein Kattunkleidchen, ein Paar Schuhe und Strümpfe und wenigstens ein halbes Dutzend Hemden und vom Bettzeug nicht viel, aber immerhin ein paar Kissen, ein Überbett, eine

Steppdecke ... Und wie gibt man nicht, ich bitte Euch, wenigstens einen Hunderter als Mitgift? Dabei hat man nicht einmal hundert Kopeken. Und wie zum Tort setzt mir Moische Ahron der Vermittler, sein Name möge ausgelöscht werden, mit Briefen zu. Ihr kennt ihn doch? Ein Brief jagt den andern, es gäbe da in Heißin ein Juwel, etwas Seltenes, bei Jankel dem Tischler, einen Jüngling von ärmerem Stande zwar, aber wohlgeraten sowohl im Lernen und Schreiben als auch im Geigenspiel – die ganze Welt ist seines Lobes voll.

Darauf schreibe ich ihm, Moische Ahron nämlich, einen Brief. Erstens denke ich noch gar nicht an eine Partie, zweitens möchte ich wissen, wieviel Mitgift verlangt wird, vielleicht ist es gar nicht nach meinem Beutel? Und drittens soll doch Jankel der Tischler erst kommen und sich die Braut ansehen ... Darauf kommt eine Antwort von ihm, das heißt von Moische Ahron: Was ich da schreibe, daß ich an eine Partie noch nicht denke, sei Unsinn. Warum? Weil nach seiner Meinung ein Mädchen kein Jüngling ist – was sagt Ihr zu dem Einfall? –, und meine Frage wegen der Mitgift ist überhaupt eine große Dummheit meinerseits. Ist denn da von einem Ochsen die Rede, daß man darüber feilschen sollte? So schreibt er mir. Und meine Tochter erst kennenlernen, sagt er, das ist überflüssig, weil es schon so gut wie geschehen ist. Es war nämlich ein

Heißiner einmal bei mir im Haus, und der, schreibt er, kann sie nicht genug loben. Kurz, Briefe gingen hin und her, endlich packte ich, wie man sagt, die Füße auf die Schultern und machte mich nach Heißin auf, zu Fuß natürlich. In Heißin angekommen, lernte ich den jungen Mann kennen und war wie verzaubert. Was soll ich Euch sagen? Ein solches Juwel habe ich, seit ich lebe, seit ich auf meinen Füßen stehe, nicht gesehen, nicht einmal von so was gehört. Ein Gesicht hat er wie ein Prinz, der Kopf – ein Minister; der Mund – Perlen; die Hand – Gold! Lernt, spricht, schreibt und liest, – man müßte ihm alle Glieder dafür abküssen! Und auf der Fiedel spielt er, – daß alle Musikanten auf der Welt einpacken können! Ich weiß gar nicht, wo ein solches Wesen sich hernimmt. Was soll ich Euch sagen, der junge Mann hat mich entzückt, und ich gab mir das Wort, ich muß ihn für meine Tochter zum Bräutigam haben, mag sich die ganze Welt von unterst zuoberst kehren! Aber versuch und nimm, wenn sich etwas nicht nehmen läßt! Es fehlt womit, und wenn du dich hinlegst und stirbst! Hätte ich wenigstens einen Hunderter gehabt, um mich rühren zu können, versteht Ihr? Denn der Jüngling selbst verlangte nichts, gib ihm oder gib ihm nicht; der Tischler aber, – sein Name sei ausgelöscht – hat sich ein für alle Male in den Kopf gesetzt: und wäre es eine Königstochter, so läßt

er ihn ohne Mitgift nicht unter das Trauzelt treten – auf keinen Fall.

›Reb Moische Ahron, was schweigt Ihr?‹ sage ich. ›Was soll ich schreien?‹ antwortet er. ›Schafft Euch doch Rat, es steht schlecht um die Sache, mit dem Tischler werdet Ihr nicht fertig, er ist ein bitt-

rer Geselle, ich hätte ihm gestern den Hobel beinahe an den Kopf geworfen.‹ Habt Ihr so etwas gehört? Und der junge Mann geht mir nicht aus dem Sinn, ich seh ihn vor mir, es nimmt mir ein Stück Leben. Ich fühle, daß es buchstäblich zu Ende mit mir geht, daß ich sterbe ... Indessen seh ich mich im Gasthof um, und siehe da: Reb Scholem Beer Tepliker! Gott selbst, denk ich, hat Euch hergeschickt. Und bin nicht faul mit der Feder, gehe auf Euch zu und entbiete Euch freundlich ein ›Friede sei mit Euch‹, wie es sich gehört, so wie ich es jetzt spreche, zum Beispiel. Was hatte ich da im Sinn? Ich erwartete, Ihr werdet mich doch sicher fragen: ›Was macht Ihr in Heißin?‹, darauf ich: wegen einer Partie; werdet Ihr wieder fragen, was für eine Partie? werde ich Euch antworten, mit Jankel dem Tischler; werdet Ihr weiter fragen, wieviel gebt Ihr Mitgift? darauf werde ich erwidern: ›Das ist eben das Unglück, der Tischler verlangt einen Hunderter auf den Tisch, und ich habe einen Dreck und keinen Hunderter – versteht Ihr?‹ Und dann wird schon alles in Ordnung kommen. Wie aber, wenn es Euch gar nicht eingefallen ist, auch nur zu fragen: was macht Ihr in Heißin? Ich, nicht faul, begann von selbst zu erzählen, ich sei nicht wegen des Jahrmarkts hergekommen, sondern wegen einer Partie. Was meinte ich damit? Ich meinte, wie wird er da nicht neugierig sein, zu fragen, was für eine Partie, und das übrige wird sich dann schon ergeben. Doch mitnichten. Ihr wart gar nicht neugierig. Was blieb mir übrig, als Euch von selbst zu erzählen, wie und was, dabei kann ich mir nicht genugtun, den jungen Mann über alles zu loben, wie ers auch in Wahrheit verdiente. Kurz, ich – rede, und

Ihr schweigt! Ich sehe, meine Worte wollen Euch nicht in den Sinn, sie gehen Euch zu einem Ohr hinein und zum andern hinaus; da denk ich mir: was taugt da die Diplomatie? Ich will ihm alles offen sagen, wie sagt man? den Zahn ziehen mit der Wurzel! Und was geschah? Selbstverständlich habt Ihr nein gesagt und mich dazu noch ordentlich heruntergemacht.«

»Ich Euch? Was hab ich denn gesagt?«

»Soll ich es wiederholen, damit Ihr Euch erinnert? Kleinigkeiten vergißt man nicht. Ihr habt mich sogar gefragt, auf Grund welcher Verwandtschaft ich von Euch verlange, daß Ihr mit Hunderten um Euch schmeißt.«

»Ihr habt mir bestimmt nicht gesagt, zu welchem Zweck Ihr das Geld braucht ...«

»Und ob ichs gesagt habe! Ein Beweis, Ihr warft mir noch so hin: ›Und wenn es Euch gelüstet, Euch mit Rothschild zu verschwägern?‹

Und als Ich Euch sagte, daß er die Fiedel spiele, der Bräutigam nämlich, da habt Ihr mich noch mit der Frage gehöhnt – Kleinigkeiten vergißt man nicht – ›Warum Fiedel, warum nicht Trompete?‹ ... Mir war zumute, als sei meine letzte Stunde gekommen, als falle mir das Fleisch stückweise vom Leibe, und Ihr verhöhntet mich und machtet Witze. Offenbar wart Ihr dazumal besonders vergnügt ...«

Der reiche Scholem Beer Tepliker hörte die Erzählung an, schwitzte und schwieg. Zwar konnte er sich nicht mehr genau erinnern, wie es gewesen war, doch wußte er immerhin, daß es sich um einen Hunderter gehandelt hatte. Das wußte er sogar bestimmt ... Und er schämte sich in seinem Herzen, daß er damals einem armen Mann in einer solchen Sache seine Hilfe versagt hatte, wo es für ihn doch nur eine Kleinigkeit war; er besaß genug Hunderter, für den andern aber wäre es gewesen, als hätte er einen Schatz gefunden. Und auf einmal ging ihm die Geschichte so nahe, daß er Berl fragte:

»Nun, und was ist aus der Partie geworden?«

»Nichts. Er wollte nicht, der Tischler nämlich, und wenn man ihn auf den Kopf gestellt hätte.«

»Und was ist mit Eurer Tochter, mit dem Mädchen, geschehen?«

»Meine Tochter? Ach und weh mir! Sie liegt schon lange unter der Erde ... Hab sie selbst dahin gebracht ... einfach mein eigen Kind begraben ... das heißt, bin ich denn schuld? Konnte ich mir denn das Geld aus dem eignen Leib schneiden? Es verging ein Jahr und noch eins, jüdische Klöster gibt es nicht, und die Stiefmutter hört nicht auf zu bohren –, kurz, ich verheiratete sie an einen Buchbinder, einen armen Teufel; eine ehrliche Haut zwar, aber krank, schwindsüchtig. Er hat sich einige Jahre gequält und ist dann gestorben, hat mir als Erbschaft drei verwaiste Enkelchen hinterlassen, denn auch sie hatte sich von ihm angesteckt und starb ein Jahr später, – möge den Kinderchen ein langes Leben beschieden sein. Versteht Ihr nun die Geschichte? Und jetzt stellt Euch vor! Nicht genug, daß ich selbst Kinder von zwei Frauen habe, mögen sie vor dem bösen Blick bewahrt sein, muß ich dazu noch die drei Waisen ernähren. Ihr solltet aber auch diese Kinder sehen, – ich glaube, daß es auf der ganzen Welt keine so wohlgeratenen Kinder gibt, auch nicht bei den reichsten Leuten. ›Großvater, wo führt man dich hin?‹ fragten mich die Unglückswürmer, als der Haman befahl, mich in den ›Cheder‹ abzuführen. ›Nach Heißin‹, antwortete ich, ›nur für einen Tag, ich bringe euch von dort was mit, Schokolade‹, sagte ich. Glaubt Ihr, sie hätten nicht erraten, daß ich ihnen was vorlüge? Ihr hättet sie sehen sollen, wie sie alle drei um mich herumstanden, wie die Schäfchen und nicht geweint, nein! Nur standen ihnen die Augen voller Tränen. Ihr könnt Euch vorstellen, was das für Kinder sind, wenn Haman Iwanowitsch selbst aus eigener Tasche ihnen fünfzehn Kopeken gab, damit sie sich Bonbons kaufen.«

Nachdem er seine Geschichte beendet, erhob Berl sich von seinem Platz, streckte den kranken Fuß ein wenig vor, trat zu Henoch und versetzte ihm einen Nasenstüber. »Was ist mir dir, du Schmierfink? Hast du ausgeschlafen?«

Henoch fuhr auf, rieb sich die Augen, und als er sah, daß der Reiche ihn betrachtete, sprang er auf und fing an auf seine Art zu stammeln:

»Gar nicht angefangen zu schlafen, immer nachgedacht, wenn behüte Gott, mein David Leib, so wahr ich ein Jude bin, sagt man, ich bin älter als achtzehn, was wird aus den Kindern?«

»Das nenne ich eine Sprache, brennen soll er«, wendet sich der rote Berl an den Reichen. »Was für ein Schlemihl! Stellt Euch vor, gegen ihn gehalten bin ich sogar ein Reicher. Und mir hat ers zu verdanken, daß sein Bruder David Leib einen solchen Posten hat, daß er unberufen eine Familie von acht Fressern ernähren kann.«

»Neun, müßt Ihr sagen«, verbessert ihn Henoch in seiner wie auf die Innenseite gewendeten Sprache. »Zwei Brüder und eine Mutter und ein Mädchen von dreizehn ist in Stellung, und noch ein Brüderchen, ein kleineres, ist in einem Laden und noch zwei kleine Mädchen und ein Kleiner in der Talmud-Thora, und wo bleibe ich?«

»Du bist ein Stück Unglück!« antwortet ihm Berl. »Warst immer ein Ochse und bleibst ein Pferd! So wie Ihr ihn da seht, diesen Hahn«, wendet sich Berl an den Reichen, »ist sein Bruder David Leib gegen ihn gehalten ein Minister, das heißt, übermäßig klug ist er gerade auch nicht und kein allzu kleiner Dummkopf. Eine gute Eigenschaft hat er, er ist ehrlich, das heißt, ehrlich sind sie alle, stehlen keine Kringel vom Markt. Eines Tages kommt David Leib zu mir und erzählt eine lange Geschichte: in Heißin nämlich ist eine Zuckerbäkkerei aufgemacht worden, und diese Zuckerbäckerei gehört Reb Salman Radomyschler, und Reb Salman Radomyschler ist ein Sadagorer Choßid, und ich bin auch ein Sadagorer Choßid, und sein Vater Beni Tellerlecker, er ruhe in Frieden, war auch ein Sadagorer – also verlangt er, David Leib, von mir, ich soll Reb Salman Radomyschler aufsuchen und bei ihm durchsetzen, daß er ihn in seine Zuckerbäckerei in Heißin nimmt und ihm dort eine Stelle gibt. ›Was für eine Stelle, zum Beispiel, kannst du bekleiden?‹ frage ich. Darauf er: ›Welche immer, wenn nur eine Stelle.‹ – ›Stehen sollst du voll gehackter Wunden, was kannst du?‹ – ›Was ich kann?‹ erwidert er, ›alles kann ich: ich kann rechnen, schreiben, Buchhaltung und eintragen ...‹ ›Wo hast du das alles gelernt?‹ frage ich. ›Alles von selbst‹, antwortet er und zieht ein Blatt Papier hervor und gibt es mir, damit ich Reb Salman seine Handschrift zeige. Kurz und gut, was soll ich Euch sagen, er hat mir so lange zugesetzt, bis ich ihm alle bösen Träume an den Kopf warf und mich schließlich auf den Weg nach Heißin machte und just zu Fuß, wie Ihr Euch denken könnt. Bei Reb Salman angekommen, werde ich nicht vorgelassen. ›Warum?‹ Darauf bekomme ich zu hören: wenn ich einfach so gekommen bin, dann hat Reb Salman keine Zeit, wenn ich aber ›in Geschäften‹ komme, dann möchte ich mich in sein Kontor bemühen. Ich überlege: nein, die ganze Sache paßt mir nicht! Was sind das für Redensarten: Keine Zeit? In Geschäften? Kontor? Bei uns Sadagorern verfangen solche Stückchen nicht! ›Geht‹, sag ich, ›und meldet Reb Salman, daß ich, der rote Berl aus Teplik, in einer sehr wichtigen Angelegenheit zu ihm komme und just nicht in Geschäften und just dringend, denn ich habe keine Zeit.‹ Darauf: Reb Salman betet, er hat erst angefangen. Wenn dem so ist, sage ich, dann ist es etwas anderes. Beten kann auch ich anfangen. Obgleich, wenn man sichs genau überlegt, – was hat eins mit dem andern zu tun? Man kann das Vorgebet beten und dabei tausend Geschäfte abschließen. Aber wie dem auch sei, er ist doch ein Reicher, und vor einem Reichen muß man Respekt haben; Beweis: wenn ich, zum Beispiel, reich wäre, hätte die ganze Welt vor mir Respekt ... Kurzum, ich setz mich hin und warte. Ich warte ein Stunde, zwei und drei, und das gerade vor der Kontortür, – die Sache nimmt kein Ende. Ich sehe: Leute gehen aus und ein, aus der Küche werden fortwährend Samoware und allerhand gute Sachen hineingebracht ... Ich denke: nein, das ist zuviel! Ich lasse mich nicht zum Narren halten! Das paßt mir nicht! Und wenn ich recht überlege, was liegt mir schon an einem ehrenvollen Empfang! Ich mach also die Tür auf, trete in die Stube und rufe: ›Friede mit Euch, Reb Salman!‹ – ›Friede mit Euch, woher kommt Ihr?‹ – ›Von Teplik‹, antworte ich, ›erkennt Ihr mich nicht? Ich heiße Berl und war mit Euch zusammen in Sadagora.‹ – ›Kann sein – aber ich hab Euch nicht erkannt und erkenne Euch immer noch nicht. Mit meinem Augenlicht ist es nicht am besten bestellt, nicht Euch gesagt. War bei Mandelstamm[1], der hat mir eine dunkle Brille verschrieben und streng verboten, zu lesen und zu schreiben, und dazu eingeschärft, ich solle mich ja vor dem Licht schützen.‹ – ›He‹, denke ich, ›Reb Salman, wollt Ihr mir die Rede verschlagen?‹ Und ich unterbreche ihn: ›Hört mich an, Reb Salman, es handelt sich um folgendes. Ihr habt doch Beni gewiß erkannt? Ja?‹ Darauf er: ›Was für ein Beni?‹ – ›Beni Tellerlecker‹, sag ich, ›aus Teplik.‹ ›Nein‹, sagt er, ›Tellerlecker?

1 Berühmter Augenarzt in Kiew.

das erste Mal, daß ich diesen Namen höre – Tellerlecker.‹ – ›Was nützen Euch die faulen Ausreden, Reb Salman? Ihr habt ihn ganz gut gekannt, wir haben zusammen‹, sag ich, ›mit ihm in Sadagora Wein getrunken und beim Zaddik auf dem Tisch getanzt und uns nicht nur einmal mit ihm geküßt, er bleibe geschieden von uns, er ist schon in der wahren Welt, es ist nicht lange her, daß er gestorben ist, möget Ihr ein langes Leben haben!‹ Als er das Wort ›gestorben‹ vernahm, war Reb Salman plötzlich wie ausgewechselt, ein ganz andrer – die Reichen haben, scheint es, schreckliche Angst vor dem Tode! ›Was wünscht Ihr also?‹ fragt er. ›Was ich wünsche?‹ antworte ich, ›ich will nur seinen Letzten Willen erfüllen. Dieser Beni Tellerlecker, er ruhe in Frieden, rief wenige Stunden vor seinem Hinscheiden mich und einige andere Männer zu sich und erzählte, daß er einige Male in Heißin war, um mit Euch etwas zu besprechen, man hatte ihn aber nicht vorgelassen, und weil er ein bescheidener Mann war, versteht Ihr, ein stiller, und – er mag mir verzeihen – nicht sonderlich klug, hatte er, als er sah, daß man ihn nicht vorlassen wolle, die Deichsel herumgedreht und sich zurück nach Hause begeben. Doch jetzt, im Begriff, sich auf eine Reise zu begeben, von der es keine Rückkehr gibt, nehme er von jedem von uns besonders Abschied und lasse vor allem den Zaddik grüßen und ihm zunächst Euch, und er bitte, Euch auszurichten, daß er sich in allem auf Euch verlasse, Ihr werdet seine Witwe und seine Waisen gewiß nicht im Stich lassen.‹ – ›Was kann ich also für ihn tun?‹ fragt er und greift schon in die Tasche. Aha – denke ich – ein Almosen? Wohltun rettet vor dem Tode? Nicht schön! ›So wünsche ich also‹, sag ich, ›Ihr sollt seinen ältesten Sohn David Leib zu Euch ins Geschäft nehmen und ihm eine Stelle geben.‹ Wenn aber ein Reicher nur das Wort ›Stelle‹ hört, trifft ihn der Schlag. ›Wo habe ich denn Stellen zu vergeben, bei mir sind alle Stellen besetzt!‹ – ›Das erzählt, wem Ihr wollt‹, sage ich, ›mit mir laß ich nicht so reden, und Benis Sohn müßt Ihr aufnehmen, ohne jede Ausrede. Er kann rechnen und Buchhaltung und schreiben und eintragen. Und jetzt, seid so gut und laßt mir einen Schluck Branntwein reichen und etwas dazu, denn ich habe den ganzen Tag noch nichts genossen.‹ Kurz und gut, ich will Euch nicht länger langweilen – die Sadagorer machen miteinander keine Umstände. Er versprach mir, ihn aufzunehmen, und ich pilgerte zu Fuß nach Hause und schickte ihm David Leib. Zwar mußte er dort eine Zeitlang herumlungern. Reb Salman sagte ihm, er müsse es erst mit seinem Sohn Reb Jossele besprechen, dieser sei aber gerade verreist; nachher, als Reb Jossele zurückkam, war Reb Salman abwesend. Was soll ich Euch noch lange erzählen, man hat ihn doch aufgenommen, und heute ist er dort ein richtiger Obermacher.«

»Ein Kassierer«, verbesserte ihn Henoch und erklärt in seiner Sprache, was ein Kassierer ist: »Er beschäftigt sich mit Geld, heißt das, nimmt Geld in Empfang und zahlt aus.«

»Ich danke dir für die Belehrung, was ein Kassierer ist, sonst hätte ichs nicht gewußt«, antwortet der rote Berl und tritt zum Polizisten, zerrt ihn an der Joppe und weckt ihn.

»He, Lawra, es ist Zeit, einen Ernüchterungsschluck zu nehmen.« Und Lawra gehorcht, steht langsam auf, beschattet die Augen mit der Hand und sieht nach dem Stand der Sonne am Himmel. Dann ergreift er den Stock, zählt seine drei Arrestanten ab und bricht mit ihnen auf.

Der Reiche bereut seine Sünden

Die Sonne war auf ihrer Fahrt am tiefblauen Himmel schon im Abstieg begriffen, die Hitze begann nachzulassen, und der Transport war im Begriff, Granow zu erreichen – die erste Station auf ihrer Wanderung. Damit man dort fertig eintreffe, machten die drei Gefangenen an der Windmühle vor der Stadt Halt und verrichteten, das Gesicht nach Osten gewendet, das Minchegebet, indessen

Lawra, die Mütze im Nacken, auf seinen großen Stock mit der eisernen Spitze gestützt dastand und zusah, wie die Juden sich wiegten und mit den Fäusten auf die Brust schlugen. Am inbrünstigsten betete der Reiche. Scholem Beer Tepliker hatte schon lange nicht mit solcher Andacht gebetet wie jetzt. Mit tiefer Zerknirschung schlug er sich beim Sündenbekenntnis »Wir sind schuldig, wir sind treulos, wir haben geraubt ...« die Brust. Tief bereute er, was er an den Menschen gesündigt hatte. Er hätte einem armen Mann helfen können und hat es nicht getan, er hätte ihm vielleicht zu seinem Glück verhelfen können und hat es unterlassen. Warum? Das wußte er selber nicht. Und wenn er sich mit diesem armen Menschen, mit Berl dem Roten verglich, mußte er sich vor sich selbst schämen. Dieser Habenichts da, der die Notdurft des heutigen Tages kaum bestreiten kann, hatte die Mühe nicht gescheut, für einen andern einen weiten Weg zu Fuß zu machen, einen Reichen für ihn anzugehen, sich zu erniedrigen – alles um einem armen Menschen beizustehen. Dagegen er? Scholem Beer Tepliker hatte nie anderer Leute Kummer sehen oder von ihm hören wollen – er war kalt wie Eis. Und es kränkte ihn sehr, daß es so gekommen war, und am meisten kränkte ihn die Sache mit der Partie auf dem Jahrmarkt in Heißin ... Er fühlte sich dem roten Berl gegenüber in tiefer Schuld, vielleicht war er sogar an dem Tod seiner Tochter mitschuldig: hätte er sich damals sein Anliegen genauer angehört, hätte er ein Quentchen Mitleid, einen Tropfen Liebe für den armen Mann aufgebracht, während jenem das Messer an der Kehle saß, dann wäre vielleicht die Tochter jetzt noch am Leben und glücklich? ... Scholem Beer hatte das Gefühl: könnte er nur dieses Verbrechen durch irgend etwas gutmachen, könnte er ein Opfer bringen, seine Tat übertünchen, verputzen, die geschlagene Wunde heilen – wie wohl wäre ihm dann! Doch er wußte nicht, wie ers anfangen solle. Er vertiefte sich in sein Gebet, und sein ganzes Leben stand vor ihm auf wie aus einem Grab! Zum ersten Mal fast in seinem Leben traten ihm diese Dinge nahe, zum ersten Mal sah er sich selbst wie in einem Spiegel. Er durchschaute sich bis auf den Grund und begriff nicht, wie er bis jetzt so blind sein konnte? Wie konnte er glauben, er sei ein getreuer Jude und ein anständiger Mensch? Wie konnte er nur glauben, daß er seiner Pflicht genüge, wenn er täglich seine Gebete verrichte und hie und da einem Armen einen harten Dreier zustecke? ... Und der reiche Scholem Beer Tepliker vergegenwärtigte sich, auf welche Weise er den Pflichten der Wohltätigkeit nachgekommen war. Er erinnerte sich, wie er um jeden Pfennig feilschte, den man ihm wie mit Zangen entreißen mußte. Er erinnerte sich, wie er einmal eine Thorarolle für die Synagoge stiftete – er hatte es für sein Seelenheil getan, weil er doch kinderlos ist und keinen Kaddisch hinterläßt –, wie er bei dieser Gelegenheit ein Festmahl veranstaltet, an Zuckergebäck und Schnaps nicht gespart hatte, die ganze Nacht wurde geschmaust. Als aber am nächsten Morgen der Thoraschreiber Reb Schimschoin zu ihm kam, um ein kleines Gefälligkeitsdarlehen zu erbitten, da hatte er ihn von sich gewiesen wie einen Toten ... Und an viele ähnliche ›Gute Werke‹ erinnerte er sich plötzlich, und die Scham brannte ihn für ihn selber und für viele andre angesehene Reiche, die wie er in ihr Geld so verliebt sind, daß sie sich davon nicht trennen können. Scholem Beer fühlte, daß seine Seele bis dahin geschlafen und sein Herz irgendwo unter einem Druck gelegen hatte, mit Eis bedeckt. Kein bißchen Wärme, kein Tropfen Barmherzigkeit! Und er möchte jetzt gern für Berl etwas tun, etwas, das seinen Fehler gutmachen, seine große Sünde gegen ihn sühnen, seine Schuld tilgen könnte. Aber er wußte nicht, wie er das tun solle. Und wieder versenkte er sich tief in sein Inneres, in die Seele, und konnte gar nicht verstehen, was für einen Sinn sein bisheriges Leben auf der Welt gehabt und was er darin ausgerichtet habe. Sechsundfünfzig Jahre hat er hinter sich gebracht, mehr als drei Viertel des Lebens, er hat einen langen Krieg geführt, Heller zu Heller gefügt, den anderen nichts gegeben und auch sich selbst nichts gegönnt. Und für wen das alles? Wem wird er es einst hinterlassen? Kinder hat er keine, die Verwandten sind ihm alle spinnefeind, wenn sie könnten, würden sie ihn in einem Löffel Wasser ertränken! Scholem Beer gab sich Rechenschaft, er zog die Bilanz von allem, was er je getan hat, und überlegte, warum er so viele Feinde habe? Weshalb gilt er so wenig? Lang Vergessenes steigt auf, Gedanken, die tief auf dem Grund seiner Seele schlummerten, tauchen empor, und es wird ihm traurig ums Herz ... Und er gelobt sich, auf die alten Tage wenigstens sich zu bessern, und seine Seele erwacht, sein Herz schmilzt, seine Augen werden hell, er sieht etwas, das er bisher nicht gesehen, und fühlt, was er bisher nicht gefühlt hat. Er ist wie neu geboren, frisch, lebendig, wie noch nie in seinem Leben ...

Nachdem sie das Minchegebet verrichtet hatten, machten sich unsere drei Männer mit dem Polizisten wieder auf den Weg. Berl hüpfte auf einem Fuß, spottete über Henoch, und der Reiche ging versunken, immer schneller und schneller. Sein Kopf war jetzt voller Gedanken, sein Herz voller Gefühle. Er dachte nach, wollte etwas, hatte Absichten. »Was rennt Ihr so?« fragte ihn der rote Berl. »Ihr rennt ja, daß ich mit meinem kranken Fuß gar nicht nachkomme.«

»Fällt Euch das Gehen so schwer, Reb Berl?« fragte der Reiche ihn mit einer Sanftheit in der Stimme, wie man sie von ihm nie gehört hat. »Stützt Euch auf mich, hier ist mein Arm, Reb Berl. So Gott will, und wir kehren in Frieden heim, sollt Ihr zu mir kommen, und auch du, Henoch, weil ich euch sehr brauche, ich hab euch etwas zu sagen ...«

Berl begriff nicht, was das für eine wichtige Sache sei, die er ihnen zu sagen hätte? Und warum gerade zu Hause? Warum nicht gleich hier? Und überhaupt, wie kommt es, daß er auf einmal so sanft und freundlich spricht? ... Von Henoch ganz zu schweigen; der riß nur den Mund auf und verstand nicht, warum der Reiche ihn kommen heißt? Er blieb stehen und gab verwirrt von sich: »Wenn sich nur erbarmt der Höchste, und mein Leib David wird frei ...«

»Auf jeden Fall«, antwortet ihm der Reiche, »auch wenn es anders kommt, nehme ich ihn auf mich, das heißt, euch alle nehme ich auf mich ... Alle ... Stützt Euch nur, Reb Berl, das Gehen wird Euch schwer ...«

Als der Transport in Granow ankam, war die Sonne schon untergegangen und hatte nur einen breiten goldnen Streifen am Himmelsrand hinterlassen. Empfangen wurden unsere Leute mit Musik – ein ganzer Chor: die Frösche quakten, die Schafe und Ziegen meckerten und wirbelten einen fürchterlichen Staub auf –, und das war ein Glück, denn dank den Ziegen ließen die Juden von Granow den Transport vorüberziehen, ohne gewahr zu werden, *wer* da an ihnen vorbeigeführt wurde. Sonst hätten sie unsere Gefangenen mit ebenso großen Ehrenbezeigungen empfangen und mit dem gleichen Pomp hinausgeleitet, wie ihnen nachher in den anderen Etappenstationen zwischen Teplik und Heißin geschehen ist.

Die Erwählten

Jehupez

Die große, schöne, alte russische Stadt Jehupez, die schon vor tausend Jahren, zur Zeit Wladimirs des Heiligen, der Länge und der Breite nach bergauf und bergab über die Ufer des alten grauen Dnjepr hingestreut lag, hatte Juden von solcher Art, wie sie an diesem frühen Morgen hier auftauchten, schon lange nicht mehr gesehen. Es war im Spätsommer. Man kann nicht behaupten, daß diese nichtjüdische Stadt nach einem Juden wie nach einem Heilmittel lechzte. Im Gegenteil, es ist allgemein bekannt, daß sie sich seit jeher viel mit Juden zu schaffen macht, als fehlten zu ihrem Wohlsein nur die Juden und etwa noch Kopfschmerzen. Wann immer man hinkommt oder nur eine dortige Zeitung auseinanderfaltet, ist das erste, was in die Augen fällt: ›Juden‹. Soundso viele Juden haben sich zur Universität angemeldet und sind nicht zugelassen worden, soundso viele Juden sind in der Nacht bei einer Razzia geschnappt und behalten worden. Daß einmal, Gott behüte, das Umgekehrte geschähe und die Juden an der Universität behalten, bei der Razzia dagegen fortgeschickt würden, das ist ein Ding der Unmöglichkeit, so unmöglich, wie daß ein

Hungriger, endlich im Begriff zu essen, seinen Bissen einem andern in den Mund stecken sollte.

Was waren das also für Juden an jenem frühen Morgen, von dem wir erzählen? Es waren Kaßrilowker Hausväter, und nicht einfach Hausväter, sondern für eine höchst wichtige Mission, für die Erfüllung eines wichtigen Gebots gesiebte Auserwählte, die vornehmsten, angesehensten Hausväter der Stadt – die Quintessenz von Kaßrilowka – waren hier beieinander. Ich würde sie mit Namen nennen, doch es wäre überflüssig. Ein Kaßrilowker Jude, der sich ›guter Werke‹ befleißigt, verlangt nicht nach weltlichen Ehren und ist nicht gewöhnt, seinen Namen in den Zeitungen gedruckt zu sehen, ihm genügt das Ansehen, das er in seiner Stadt genießt, und er darf Gott danken, wenn er von den Seinigen nicht geschmäht wird ...

Unter diesen Erwählten befand sich ein älterer, vielmehr ein ganz alter Mann, ein mehr als achtzigjähriger Greis, der sich wohl gebückt auf seinen alten Stock stützte, dessen Haltung aber, unberufen, sich noch sehen lassen durfte. Er hatte sein Feiertagsgewand an: einen schwarzseidenen, raschelnden ärmellosen Überwurf (Radziwulka) über einer zerschlissenen, aber atlassenen Kapote, auf dem Kopf die geschwänzte Pelzmütze (den Streimel), offene Schuhe und weiße Strümpfe bis an die Knie. Die übrigen trugen keinen so feiertäglichen

Staat, dafür aber waren sie festlich gestimmt. Sie schritten schwungvoll aus, ein wenig gespannt und erregt; in den Händen trugen sie bauchige Säcke mit Gebetmantel und Betriemen und Regenschirme, grotesk-große Regenschirme, von denen nur Gott allein wissen mag, wozu sie dienen mochten, da es weder regnete noch die Sonne so heiß brannte.

Der Verfasser dieser Erzählung kennt schon seit langem solche Juden, die sich weder Sommer noch Winter von ihrem Regenschirm trennen können. Wie viele ihrer ich in meinem Leben auch gesehen haben mochte, habe ich doch noch nie einen Schirm über ihrem Kopf aufgespannt bemerkt, wie es sich eigentlich gehörte. Zumeist begegnet man einem solchen Juden, wie er gebückt einherläuft, der Wind peitscht ihm das Gesicht, reißt ihm die Rockschöße auseinander und schlägt sie ihm, Verzeihung, hinten über den Kopf, er aber hält den nassen Schirm, der ihm gegen die Waden patscht, unentwegt krampfhaft in der Hand. Ich habe es mir einmal angelegen sein lassen, einen solchen Schirmträger anzuhalten, den Schirm in die Hand zu nehmen und ihn mir genau zu betrachten: er wiegt wahrhaftig seine guten etlichen Pfunde; es ist fast unmöglich, ihn aufzuspannen, und ist das gelungen, dann könnt ihr es aufgeben – zu bekommt ihr ihn nicht mehr. Die Drähte stellen sich plötzlich quer, richten die Spitzen nach oben, und der Schirm verwandelt sich in ein Segel, das euch bei rechtem Wind, Gott behüte, hochheben und hoch in die Lüfte entführen kann, bis unter die Wolken, wie ein Aeroplan ... Doch lassen wir die Regenschirme und kehren zu unseren Juden zurück.

Sie schritten forsch aus, als triebe sie jemand im Nacken an oder als eilten sie zu einem Freudenfest, zu einem Gastmahl oder sonst zu einer wichtigen Gemeindeversammlung. Sie sprachen sehr laut miteinander und alle zugleich und fuchtelten dabei wie üblich mit den Händen. Hie und da blieben sie stehen, die Arme auf dem Rücken verschränkt, um die großen, reichverzierten Gebäude der Stadt zu betrachten; sie konnten sich an ihnen nicht satt sehen.

»Nun, wie gefällt Euch dieses Häuschen zum Beispiel?« fragt einer, schiebt seine Mütze in den Nacken, schnaubt wie ein Blasebalg, die Seiten fliegen ihm wie die Flanken eines abgehetzten Pferdes. »Habt Ihr einen Begriff von so einem Häuschen, das nenne ich eben gebaut!«

»Ja, nicht übel«, antwortet ihm ein andrer gepreßt, kaum daß er jappt.

»Was, denkt Ihr, dürfte es wohl kosten, das Häuschen?« fragt ein Asthmatiker mit glänzenden Augen und hält sich mit beiden Händen die Seiten.

»Das Häuschen?« antwortet ein anderer mit einer breiten Stirn, offenbar ein Rechenmeister und ein Sachverständiger für Häuser. »Ich rechne, das Häuschen dem Grundstück dürfte hier in dieser Stadt mindestens hundettausend wert sein.«

»Ha-ha-ha!« bricht ein blasser junger Mann in Lachen aus, dem eben der Bart zu sprießen begonnen hat, »hunderttausend, sagt Ihr? Ich wünschte uns allen zusammen das zu besitzen, was es mehr kostet ...«

»Du Ochse, du!« ruft der Asthmatische mit den glänzenden Augen, »wenn es schon zu wünschen gilt, so wünsche ich uns lieber das zu besitzen, was als Schuld auf diesem Häuschen stehen mag ...«

Wie Masche um Masche schlingt sich die Unterhaltung über Häuser, ein langes Gerede ohne jeden Zweck; im Grunde ist es nur eine Art Ausrede: alle sind sie eigentlich schon recht müde vom Gehen, vom Bergaufsteigen und hätten große Lust, eine Weile auszuruhen und Atem zu schöpfen.

»Es fällt Euch wohl schwer, das Steigen, Rabbi, wollt Ihr Euch nicht ein Weilchen hinsetzen und ausruhen?«

Diese Worte waren an den Alten gerichtet, der ohne Rücksicht auf seine achtzig Jahre mit festem Schritt den anderen voranging. Und sämtliche Kaßrilowker Erwählten blieben stehen und sahen sich um, ob nicht eine Sitzgelegenheit für den alten Mann sich fände. Aber sie hatten noch nicht Zeit gehabt, sich richtig umzusehen, als, wie aus dem Boden gewachsen, eine von oben bis unten bewaffnete Gestalt mit rotem Gesicht und weißen Handschuhen vor ihnen auftauchte und stracks auf sie losging. Die Erwählten hatten das Gefühl, als sei ihnen das Blut erstarrt; und aller Augen wandten sich dem Alten zu, was er dazu sagen würde. Der Alte jedoch sagte gar nichts, er stützte sich nur fester auf seinen Stock und eilte mit den gleichen

unentwegten Schritten voran, ein wahrer Held. Und alle folgten ihm, so daß der bewaffnete Mann wie verzaubert stehenblieb, unentschlossen, was er tun sollte. Sie anhalten? Dazu war kein Grund. Vorbeilassen? Er hätte aber gar zu gerne wissen mögen, was das für Wesen waren? Er drehte also den Kopf zurück und verfolgte sie mit den Augen, so weit er konnte. Da sah er, daß sie vor dem Tore eines großartigen Gebäudes stehenblieben und klingelten.

Jetzt endlich ist die Frage am Platz: wohin gingen eigentlich die Erwählten von Kaßrilowka? Zu wem und weswegen? Nun, sie befanden sich auf einem Rundgang zu den Reichen, um Gaben zu sammeln, Brot zu erbitten, Mitleid zu erwecken für die arme unglückliche Stadt Kaßrilowka. Denn ein großes Unglück hat diese Stadt heimgesucht. Liebe Leser, ihr kennt mich nicht erst seit gestern, ihr wißt, daß ich nicht einer von denen bin, die gerne schlimme Nachrichten verbreiten. Doch was bleibt mir übrig – es ist an der Zeit, daß ihr es erfahret:

Meine Herren, Kaßrilowka ist abgebrannt!

Fischel erschüttert die Welt

Ja, liebe Freunde, Kaßrilowka ist abgebrannt! Aber ihr denkt wohl, einfach so abgebrannt?

Es sind im Lauf dieses Sommers, daß wir uns nicht versündigen, genug jüdische Städte und Städtchen abgebrannt. Aber es gibt Unterschiede, ein Brand ist dem andern nicht gleich. Kaßrilowka wollte sich offenbar besonders auszeichnen und hatte gleichsam den anderen jüdischen Städten zugerufen: ›Was, ihr brennt? Zum Lachen! Laßt mich erst, und ihr werdet sehen, was das heißt: eine Stadt brennt!‹ Und Kaßrilowka flammte auf wie eine Kerze ... Doch nein, überlassen wir die Beschreibung des Brandes von Kaßrilowka unserem Kollegen, Fischel dem Korrespondenten, das ist seine Aufgabe. Gleich am Morgen nach dem großen Brande hatte er, der mit abgebrannt war – er hatte kaum das nackte Leben gerettet –, wie durch ein Wunder irgendwo Tinte und Feder erwischt und an alle jüdischen Zeitungen eine in sehr schöner dichterischer Sprache abgefaßte und mit außerordentlich schöner Handschrift geschriebene Korrespondenz verschickt, die folgendermaßen lautete:

›Eine Stimme dringt bis in den Himmel! Die Tochter Kaßrilowka weint über ihr großes Unglück – sie läßt sich nicht trösten! Weh über weh! Wunde auf Wunde! Noch hat sich die Stadt nicht von dem großen Getümmel erholt, das sie überkommen hatte, da ergoß sich ein ganz neuer Grimmzorn über sie, sie hat den bittren Kelch aus Gottes Hand bis zur Neige geleert, – ein Feuer fiel vom Himmel

hernieder und zündete die Stadt von einem Ende bis zum andern an, verwandelte sie in Schutt und Asche – ohne Erbarmen mit den heiligen Bethäusern, mit den kleinen Kindern, – Säuglinge an der Brust sind in den Flammen zum Himmel hinaufgestiegen. Und auch alte Leute, arme, kranke und sieche, sind dem Feuer zur Nahrung geworden an dem Tag, an dem Gott uns für alle unsere großen Sünden doppelt und vierfach strafte; nicht einmal mit seiner heiligen Thora hatte er Mitleid, sie verbrannte zusammen mit dem alten Bethaus, und jetzt stehen wir unter der Himmelsdecke, elend, nackt und barfuß, hungrig und durstig, und wie die Rehe nach den Wasserquellen, so schauen unsere Augen aus nach unseren mitleidigen Brüdern und nach den Kindern der Barmherzigen: Wir bitten euch! Erbarmt euch! Seid uns gnädig! Möge euer Mitleid erweckt werden in euren guten Herzen, und mögen eure willigen Hände sich uns mit Hilfe entgegenstrecken, so schnell als möglich, denn wir sind gar sehr verarmt! Seid uns eine Ernährung und laßt nicht untergehen den übriggebliebenen Rest von Jakobs Samen!‹

Man sollte meinen, was wäre es schon für ein Unglück gewesen, wenn diese herzzerreißende Korrespondenz, in der jedes Wort ein Seufzer, jeder Buchstabe eine Träne ist, wirklich in einem jüdischen Blatt abgedruckt worden wäre? Doch nein,

Fischels schwer erarbeitetes Werk wurde so zusammengestrichen und zusammengepreßt, daß sein ganzer Saft verlorenging, und dann, auf knapp drei und eine halbe Zeile reduziert, mit ganz kleinen Buchstaben in irgendeiner Ecke untergebracht: ›Kaßrilowka ist abgebrannt, nicht ohne Verluste an Menschenleben. Man bittet um Hilfe.‹

Zwar rechtfertigen sich die Zeitungen, es sei nicht ihre Schuld: sie bekommen, behaupten sie, von demselben Fischel aus Kaßrilowka fast täglich eine Korrespondenz. Wollten sie alles drucken, was er schickt, dann müßten sie dieser kleinen Leute wegen extra ein Blatt drucken und dafür eine eigene Druckerei mit dem dazugehörigen Personal einrichten! Da kann man sich nicht genug wundern! Denn ein andermal, wenn es ihnen darauf ankommt, steht Kaßrilowka plötzlich groß da! Dieselben Redakteure und Herausgeber, wenn sie neue Blätter oder Bücher erscheinen lassen, sparen auch für Kaßrilowka nicht mit schönen, ausführlichen Prospekten, genieren sich gar nicht, die ›kleinen Leute‹ mit ›geehrte und vielgeliebte Abonnenten‹ anzureden. Freilich vieler Abonnenten können sie sich in Kaßrilowka nicht rühmen. Alles in allem haben sie dort, sage und schreibe, einen Abonnenten, Seidel, Reb Schajes Sohn, bei dem unser Korrespondent Fischel die Nutznießung als Leser hat, und nach ihm alle anderen, die nach einem gedruckten Wort lechzen. Aber was hat das mit Fischel zu tun? Weshalb wandern alle seine Briefe und Berichte sofort unter den Tisch in den Papierkorb, noch ehe man weiß, was darin steht? Wie ist es aber, wenn ein Feiertag naht und der Redakteur mit fein gedrechselten Worten sich über das Volk Israel hermacht, wenn er in Glut gerät und ausruft:

›Wer hat den Staub Jakobs gezählt?
Und wer kennt die Zahl der Ritter Israels?‹

Meint er damit nicht auch die ›kleinen Leute‹? Oder jene Moralprediger zum Beispiel, die uns unsere Fehler vorhalten und uns mit den schönen Namen ›Ausbeuter‹, ›Blutsauger‹, ›Weltfresser‹ und dergleichen ansprechen, – meinen sie damit nicht auch die Juden von Kaßrilowka? Kaßrilowka darf wohl mit Recht von sich sagen: zum Verrecken bin ich auch ein Tier!

Ihr dürft aber deshalb nicht glauben, daß man sich in Kaßrilowka nach dem Brande mit Fischels Korrespondenz begnügt hatte, es wurden auch andere Briefe – sehr schöne poetische Briefe – übrigens Meisterwerke desselben Fischel – nach allen ›Gauen‹ Israels versandt, überallhin, wo es nur einen namhaften Reichen gab, den man in der Welt kennt: nach Jehupez, Odessa, Moskau und London, ja sogar nach Paris, an den ganz großen Rothschild persönlich. Wundert euch nicht darüber, daß

Kaßrilowka bis zu Rothschild nach Paris vordringt! Ihr müßt nämlich wissen, daß Kaßrilowka durch eine Reihe von Jahren von Rothschild aus Paris auf die Adresse des Reb Joißifl hundert Franken Weizengeld für die Armen zu erhalten pflegte. Freilich hat diese Sendung, aus Gründen, die man nicht kennt, schon seit langem aufgehört. Trotzdem schreibt man ihm immer wieder, bei jedem freudigen oder, Gott behüte, traurigen Anlaß. Daß man seit Jahren keine Antwort mehr bekommt, – daraus macht man sich nichts. Am Ende ist er der langatmigen Episteln überdrüssig geworden – sogar Kreppchen essen, sagt man, kann einem auf die Dauer zuwider werden. Vielleicht auch ist die Adresse nicht so geschrieben, wie es sich gehört, oder aber es ist bei Rothschild in Paris das gleiche passiert wie, das Heilige sei vom Profanen geschieden, bei Pharao, dem König von Ägypten, wie es in der Schrift steht: ›Und es ist aufgestanden ein neuer König, der tat, als wisse er von nichts ...‹ Ich meine damit Rothschilds Sekretär, der die Post abholt und alle Briefe liest. Die Briefe, die ihm gefallen, die zeigt er ihm, Rothschild, und die Briefe, die ihm nicht gefallen, zu denen sagt er: ›Das ist mein Stellvertreter, das ist mein Sühnopfer ...‹, und fort damit unter den Tisch ... Ganz sicher weiß ich nicht, ob es so ist, aber ich denke, es könnte so sein.

Kurz und gut, ihr seht schon, daß Kaßrilowka, gepriesen sei sein Name, eine Stadt ist, die mit der ganzen Welt in Verbindung steht und korrespondiert. Und gleich nachdem das große Unglück geschehen war, wurde die ganze Welt durch Fischel den Korrespondenten davon benachrichtigt, wurde es überall ausgetrommelt. Und jetzt wartete man, ob das große Leid, das ihnen widerfahren war, einen Widerhall fände.

Urvater Adam, der Bademeister

Wie war das Unglück geschehen? Es kam aus dem alten Badehaus. Ein Holzscheit geriet dort an einem Donnerstag in Brand, der griff im Nu aufs Dach über, und es dauerte nicht lange, da brannte das ganze Badehaus lichterloh. Und als ›Adam‹ und ›Eva‹, der Bademeister nämlich und die Bademeisterin, halb tot aus dem brennenden Haus hinaussprangen, war das erste, woran sie dachten: ›O weh, der Rabbi!‹, und im gleichen Augenblick schon drang Urvater Adam, der Bademeister, wieder ins Haus und trug, wie man ein kleines Kind aus der Wiege herausnimmt, Reb Joißifl auf seinen kräftigen Armen ins Freie.

Reb Joißifl, der Rabbiner, schützte auch wie ein kleines Kind mit der Hand die Augen vor dem Feuerschein, der den ganzen Fluß mit seinen Weiden und dem sonstigen Ufergebüsch und ein ganzes Stück Himmel erhellte. Dahin zog sich auch das Feuer, wälzten sich die Rauchschwaden, ein dichter Qualm von großen und kleinen Funken durchsetzt. Alles war auf einmal verwandelt, war rot und von einer seltsamen Schönheit; der rote Fluß, der rote Himmel, das rote Ufergebüsch, auch die Menschen rot – eine solche Röte und eine solche merkwürdige Schönheit hatte Reb Joißifl noch nie in seinem Leben gesehen, und er war davon tief beeindruckt. Als der Urvater Adam ihn auf den Boden hinstellte, da sprach der Rabbi gleichsam zu sich selbst: ›Wie schön und wunderbar ist Gottes Welt!‹ – besann sich aber gleich und wandte sich an das Bademeister-Ehepaar mit der Frage:

»Habt ihr, behüte, keinen Schaden genommen, meine Kinder? Sein Name sei gepriesen, daß ihr nicht durch Feuer gestraft worden seid ...«

»Nicht durch Feuer gestraft?« konnte der Bademeister nicht an sich halten, mit bitterem Lachen auszurufen. »Womit denn hat ER uns gestraft, mit Wasser?«

»Nicht das meine ich«, rechtfertigte sich der Rabbiner, »ich meine damit das Wunder, daß wir gerettet und mit dem Leben davongekommen sind, gepriesen sei der Schöpfer!«

»Mit dem Leben? Was ist das für ein Leben, wenn wir kein Bad mehr haben?«

»Du sprichst wie ein Kind«, sagte Reb Joißifl und bedeckte das Gesicht mit beiden Händen vor dem Feuerschein, »wie ein Kind sprichst du! Wo steht geschrieben, daß du eine Badeanstalt haben mußt? Als du zur Welt kamst, du Tor, bist du mit einem Badehaus geboren worden? Oder hast du damit gerechnet, nach hundert Jahren, so der Ewige es will, es ins Jenseits mitzunehmen? Es war einmal ein König ...«

Und Reb Joißifl begann eins seiner sehr schönen Gleichnisse von einem König zu erzählen, wie es so seine Art war. Doch der Bademeister unterbrach ihn gleich: »Was soll mir jetzt dieser König? Seid so gut und werft lieber einen Blick aufs Feuer, wie es um sich greift und sich nach der Stadt hin ausbreitet. Und der Wind bläst mir gar zu heftig. Ich fürchte, das Haus Levi Mordchais des Metzgers mit seinen Stallungen fängt Feuer – dann leb wohl, Kaßrilowka ...«

Als hätte ihn das Verhängnis beim Wort genommen, sprang das Feuer tatsächlich auf das Haus Levi Mordchais des Metzgers über – und plötzlich erhellte sich ein neues Stück Himmel. Ein Knacken und Bersten drang herüber, vermischt mit dem Meckern von Ziegen, von irgendwoher kamen mit Gegacker Hühner den Berg heruntergerannt. Bald lag der Hügel, die Stadt, der ganze Himmel im Feuerschein. Wildes Geschrei und Getöse ließ sich von der Stadt her vernehmen, das, vermischt mit dem Gebell der Hunde, dem Brüllen der Kühe und dem Kreischen der Frauen, dem Weinen der Kinder und dem Rufen: ›Wasser her! Eimer! Rettet! Schnell! Es züngelt weiter! Es brennt!‹ sich immer mehr steigerte. Plötzlich erblickte man einen brennenden Holzscheit auf vier Füßen den Hügel hinabspringen: der Scheit tanzt, schüttelt die Hörner und rennt zum Wasser, erreicht es aber nicht, sondern stürzt zu Boden und streckt alle viere empor. Ein Beben durchzuckt ihn wie vor dem Ende, er gibt ein ersticktes seltsames ›Mehmeh!‹ von sich. Es ist eine Ziege, die ins Feuer gesprungen war und wahnsinnig vor Schmerz wieder ins Freie sich stürzte.

Viel mehr Sinn und Plan lag auch nicht in dem Herumrennen der Männer und Weiber von Kaßrilowka, die wie vergiftete Mäuse oder wie nicht zu Ende geschlachtete Hühner aus einer Gasse in die andere stürzten und rauchgeschwärzt wie die Höllenteufel herumtaumelten und einander die Neuigkeiten zuriefen:

»Wißt ihr schon, es brennt bei Eli Dowid!«

»Wißt ihr schon? es hat den Marktplatz erreicht!«

»Wißt ihr schon? die ganze Stadt brennt! Weh uns, die ganze Stadt!«

»Wie eine Kerze! Wie eine Stearinkerze!«

Das Feuer tobt und stürmt wie ein aufgepeitschtes Meer, der Wind trägt große brennende Scheite, ganze Strohgarben mit sich. Unzählige Funken stieben in der Luft. Sie fallen auf die ausgedörrten Stroh- und Schindeldächer; das Knacken, Prasseln, Stürzen, Bersten, Reißen vermischt sich mit dem Geschrei und Gebrüll, mit dem Kreischen, Jammern. Es ist, als wären es nicht vor Erregung wahnsinnige Menschen, die da herumrennen, sondern seltsame böse Gespenster. Und die gewaltige helle Flamme beleuchtet ihre fahlen, vor Schrecken verfinsterten Gesichter – Kaßrilowka brennt, brennt wie eine Kerze!

Reb Joißifl hadert mit dem Herrn der Welt

Während das Badehaus brannte, kümmerten sich weder ›Adam‹ noch ›Eva‹ viel um Reb Joißifl. Doch als von dem Haus nur der eiserne Kessel mit dem Schornstein übrigblieb (selbst das Tauchbad war bis auf den Grund niedergebrannt), da fiel es ihnen plötzlich aufs Herz: der Rabbi! Wo war der Rabbi! Wieder verschwunden? Vergeblich suchten sie ihn am Brunnen, am Flußufer, im Gebüsch und später in der Stadt, in den brennenden Gassen.

»Seid ihr nicht dem Rabbiner begegnet?« fragte

der Bademeister die unglücklichen Flüchtenden. Doch diese begriffen in ihrer Verwirrung die Frage gar nicht und glotzten ihn nur mit wilden Augen an:

»Was für ein Rabbiner? Welcher Rabinner?«

Wo aber befand sich Reb Joißifl? Als er zu sich gekommen war und erkannt hatte, daß die ganze Stadt in höchster Gefahr war, da hatte es ihn wie in die Lüfte emporgerissen, er ergriff seine gerettete alte Pelzmütze und seinen Stock und machte sich ohne viel zu überlegen in die Stadt auf, zu seinen Juden. Für seine achtzig Jahre war es kein leichter Spaziergang. Doch als er das Flammenmeer vor sich erblickte, da spürte er seine Füße nicht mehr. Es trug ihn wie auf Flügeln dahin zum alten Bethaus, wo er sein ganzes Leben fast mit Gott verbracht hatte. Wird der Höchste denn kein Wunder tun an seinem eigenen Haus? Wird der Herr der Welt seine eigene Thora nicht schützen?

Unter solchen Gedanken erreichte Reb Joißifl das alte Bethaus gerade in dem Augenblick, als es ringsum von tobendem Feuer umringt ward. Rote Zungen leckten von allen Seiten heran und beleuchteten hell das halbeingestürzte Dach und die abgebröckelte gelbe Tünche des alten Baues. Noch ein Augenblick – und das Haus Gottes wird von den Flammen erfaßt werden.

Reb Joißifl kann es mit seinem Verstand nicht

fassen, wieso die Juden es geschehen lassen? Warum sie das Bethaus nicht retten? Die heiligen Bücher? Die Thorarollen? Statt dessen sieht er sie hin und her rennen wie Wilde, sieht sie in brennende Häuser springen, Betten, Bänke, Kissen, Töpfe, Hausrat und sonstigen Plunder hinaustragen, doch das Gotteshaus hat man vergessen, aufgegeben! Wie ist das möglich? ... Reb Joißifl versucht zu schreien, um Hilfe zu rufen: »Das heilige Haus, das Bethaus!« Doch niemand hört ihn. Da stürzt er allein ins Bethaus und gleich zum Schrein, nimmt eine Thorarolle und eine zweite heraus und gelangt, sie auf den Armen tragend, halb erstickt auf die Gasse hinaus. Dort legt er sie behutsam weitab von der Tür auf einen zerbrochenen Stuhl nieder, den jemand aus einem Haus hinausgeworfen hatte. Dann steht er daneben und ruft mit lauter Stimme dem Herrn der Welt zu:

»Was ich vermochte, habe ich getan. Soviel ich konnte, habe ich gerettet, die anderen habe ich Deiner Obhut anvertraut ... Ich weiche nicht von dannen, ich will sehen, wie Du Deine eigene Thora verbrennst, die Du uns durch Moische, deinen Knecht, am Berge Sinai gegeben hast!«

In diesem Augenblick erschien der Bademeister, unser Bekannter, Adam der Erste. Sein Herz hatte geahnt, daß der alte Mann irgendwo in der Nähe des Bethauses zu finden sein wird. Als er Reb Joißifl neben dem brennenden Bethaus stehen sah, packte er ihn ohne viel Umstände in seine kräftigen muskulösen Arme und trug ihn, zusammen mit den beiden Thorarollen, aus dem Feuer fort hügelabwärts, zum abgebrannten Badehaus zurück.

Große Entschlüsse

Es liegt in der Art der Welt, daß man während der Schlacht die Verwüstung nicht so gewahr wird wie nachher, und die Gefallenen werden erst gezählt, wenn der Kampf vorüber ist. Wenn alles zu Ende ist, fängt man an, sich Rechenschaft zu geben, wie groß die Verluste sind. Nicht anders war es auch in Kaßrilowka. Erst am Tage nach dem Brand, als man sich umsah, erkannte man die Größe des angerichteten Unglücks. Wie gewöhnlich erzählten die Leute einander Wunderdinge, wie und wann jeder plötzlich entdeckt hatte, daß es brennt ...

Nimm es nicht übel, lieber Leser, daß ich mich bei diesen Erzählungen nicht aufhalte. Meine Muse, die mir beim Schreiben zu Häupten steht, ist, wie alle Leute in Kaßrilowka, eine heitere Seele, arm, aber fröhlich. Sie haßt Tränen und hält nichts von traurigen Szenen ... Sie sagt, echte Tränen seien nur solche, die naß und gesalzen wirklich fließen, alle anderen, die der Schriftsteller auf dem Papier vergießt, seien trockne, gemachte Tränen, die nichts wert sind. Sie meint, der wirkliche Schmerz sei nicht der, den man mitteilt, sondern der, der ›weh tut‹ ... Darum übergehen wir die schrecklichen und traurigen Szenen und wenden uns den Schäden zu, die der Brand unseren Kaßrilowker Hausvätern verursacht hatte. Das Schlimme daran ist, daß sich die Größe des Verlustes gar nicht errechnen läßt. Das ist Punkt eins. Punkt zwei aber ist: was hilft das Rechnen? Wer soll ihnen den Schaden ersetzen? Die Versicherungsgesellschaften haben offenbar schon seit langer Zeit auf einer Beratung beschlossen, Kaßrilowka von der Landkarte zu streichen, gleichsam als hätte es nie existiert. Und überhaupt, wer ist in der Tat imstande, des andern Hab und Gut abzuschätzen, zumal nachdem es schon lange in Rauch aufgegangen und vom Wind verweht worden ist? Hausrat im allgemeinen und der von Kaßrilowka im besonderen hat einen ganz eigenen Wert, der sich gar nicht abschätzen läßt. Alte Lumpen, halb zerbrochenes Gerümpel sind dem armen Mann ebenso teuer (wenn nicht noch teurer) wie dem Reichen die schönsten Spiegel und das kostbarste Porzellan. Der Reiche kann einen verlorenen Gegenstand mit Geld ersetzen, doch dem Armen, wer ersetzt ihm, was das Feuer zerstört hat? ...

So philosophierten die Kaßrilowker Abgebrannten und kamen bald zu der Einsicht, daß mit Reden und Philosophieren gar nichts ausgerichtet wird. Man müßte etwas tun, Rat schaffen, überlegen, wie man die Stadt rette. Wie macht man es, daß die Stadt eine Stadt bleibt? Es wäre kein Kunststück, wenn alle auseinanderliefen und jeder für sich bettelte, wie das ›Abgebrannte‹ gewöhnlich zu tun pflegen. Nein – das hätte keinen Zweck! Man muß trachten, daß Kaßrilowka Kaßrilowka bleibt. Und eben darüber zerbrach man sich den Kopf.

Auf alle die bewegenden, flammenden und herzzerreißenden Briefe, die in alle Gaue Israels verschickt worden waren, hatten sich im ganzen einige Städtchen, ebenso arme wie Kaßrilowka, gemeldet. Die einen schickten etwas Brot, die anderen alte Kleider, andere wieder ein paar Rubel in bar. Das war wie ein Tropfen auf einen heißen Stein. Die Lage begann wahrhaft schrecklich zu werden; so schrecklich, daß das Weinen und Klagen und sogar das Stöhnen verstummte, so wie ein Mensch, im Begriff zu erfrieren, still erlischt und einschläft für immer ... Da erwies sich, wie noch jedesmal, die Kraft des Rabbiners Reb Joißifl, die Gott diesem alten, schwachen Leib verliehen hatte. Er berief eine Versammlung aller Hausväter, und zwar ganz persönlich, ohne seine Würde zu schonen; er schickte dazu keine Gemeindediener aus, nahm dabei auch nicht den Ehrenplatz ein, sondern stellte sich ganz einfach hin und redete die Versammelten folgendermaßen an:

»Hört, ihr Kinder Israels, was ich euch sagen werde. Nicht ich sage es euch, sondern Der, der ewig lebt, sagt es euch durch meine sündhaften Lippen: Sorgt euch nicht, ihr seid erhört worden! Ich versichere euch, daß alles gut wird, so der heilige Name es will. Was ist der Sinn davon? Dies ist der Sinn: Wahr ist, wir sind gestraft worden durch Feuer, sind selbst abgebrannt und sind uns verbrannt worden die Bethäuser, Schulen, die heiligen Bücher und auch lebende Wesen, kleine, winzige Kinder, die, nicht euch sei's gesagt, Gott ihre Seelchen schuldeten. Gewiß ist es eine große bittere Strafe, die wir redlich verdient haben bei Dem, der ewig lebt. Doch zu viel trauern dürfen wir auch nicht. Erstens richten wir mit unserer Trauer nichts aus, und zweitens würden wir Dem, der ewig lebt, damit nur zeigen, daß wir die Zerstörung von Kaßrilowka als etwas Schlimmeres für uns, behüte, ansehen, als die Zerstörung Jerusalems und den Untergang des Heiligtums. Ich will euch ein Gleichnis erzählen von einem König. Es war einmal ein König, der hatte einen Königssohn, einen einzigen ...«

Und Reb Joißifl erzählte ihnen ein sehr schönes Gleichnis von einem König, wie es seine Art war, und schloß mit folgenden Worten:

»Daraus ist leicht zu ersehen, daß wir nicht klagen dürfen. Wir müssen uns mit Kraft wappnen, meine Kinder! Laßt uns unsere Stöcke ergreifen und zusammen hinausziehen und den Goles auf uns nehmen. Folgt mir, meine Kinder, ich gehe mit euch! Ich versichere euch, wohin immer wir kommen, werden wir Wohlgefallen in den Augen unserer reichen Brüder finden, so der heilige Name es will, sie werden uns nicht fallenlassen. Steht auf, Juden, gürtet eure Lenden und zieht hinaus – laßt uns aufbrechen! ...«

Während er sprach, straffte sich sein Rücken, sein Gesicht leuchtete, und er fühlte sich jung und frisch wie ein Jüngling, wie ein Held, der in den Kampf zieht. Und alle Versammelten mit ihm fühlten sich auf einmal ermutigt und bereit aufzubrechen. Es blieb nur die Frage: ›Wohin? Wohin zuerst?‹ Es gibt, unberufen, so viele jüdische Städte und so viele reiche Leute ...

Still da – Kaßrilowka reist!

Die Frage: wer sind, die sich auf den Weg machen sollen? wer soll fahren? versetzte die Stadt in nicht geringe Erregung oder, wie Fischel der Korrespondent in einem seiner Meisterwerke sich ausdrückte, ›in Siedehitze‹. Es fanden sich in Kaßrilowka viele

Anwärter auf diese Reise, ja, die ganze Stadt fast erklärte sich bereit zu fahren!

Nach vielem Hin und Her kam man überein, die Vorsteher der Bethäuser dafür zu bestimmen, Reb Joißifl natürlich an der Spitze. Die so Erwählten schnürten ihre Bündel, nahmen jeder sozusagen sein Werkzeug mit – Gebetmantel und Betriemen, den Regenschirm und sonstiges Zubehör. Es wurden zwei große Plachenwagen gemietet, und man nahm fein Abschied von der ganzen Stadt, die hinauszog, der Abordnung das Geleit zu geben und ihr Glück und Erfolg zu wünschen. Und so traten sie in einer vom Schicksal begünstigten Stunde die Reise an.

Achtundvierzig Stunden lang wurden unsere Erwählten in ihren Fahrzeugen auf dem hartgewordenen Dreck der Wege gerüttelt. Man gönnte sich kaum eine Weile zu verschnaufen, wenn man vor einem Wirtshaus Halt machte, um zu beten, eine Kleinigkeit zu essen oder die Pferde zu füttern.

Am dritten Tag erst wurden sie, ganz zerbrochen, durchgewalkt und todmüde, an der Bahnstation abgesetzt. Die Erwählten stürzten, alle zugleich und einander im Wege, zur Kasse, um Fahrkarten zu lösen, und der Schaffner stopfte sie alle zusammen in einen Wagen zu den Bauern: die Behandlung war nicht, wie sie feinen Hausvätern, Vorstehern, Deputierten angestanden hätte, die in einer so wichtigen Angelegenheit für das Allgemeinwohl auf eine Reise sich begeben ... Und erst im Wagen erwartete unsere Erwählten gleich ein gerüttelt Maß von Pein, Angst, Leid und Schmach – ein wahrer Goles.

Vor allem gerieten sie da in einen Wagen, den sie, ich bitte um Verzeihung, für einen Schweinestall gehalten hätten, wären nicht Menschen mit menschlichen Gesichtern drin gesessen. Es war da ein solcher Schmutz, der Rauch tiefblau und die Luft so dick, daß unsere Kaßrilowker Hausväter, die an sich durchaus nicht verwöhnt sind, das Gefühl hatten, es werden ihnen die Kehlen zugeschnürt, sie waren einer Ohnmacht nahe! Und die drangvolle Enge! Kopf an Kopf! Lauter ungeschlachtes Volk, Arbeiter und Bauern mit nicht besonders wohlriechenden Säcken auf dem Rücken und mit noch weniger wohlriechenden Bastschuhen an den Füßen, dazu rauchten sie einen Knaster zum Ersticken. Kein Platz, um sich hinzusetzen. Wohin immer sie sich wandten, wurden sie abgewiesen. »Hinaus mit dir, du Grindiger, besetzt!« tönte es ihnen auf russisch entgegen, in unsere Sprache übersetzt hieß das: »Nehmts nicht übel, Reb Jud, es ist kein Platz!« ... Überall besetzt, sogar, wo nicht besetzt war ... Und die Kaßrilowker Erwählten mußten aneinandergepreßt stehen, fast ohne atmen zu können, wie die Schafe in einer Ecke zusammengedrängt, und dabei doch weiter laut redend, mit den Händen gestikulierend und alle durcheinander, wie gewöhnlich. Gesprochen wurde selbstverständlich von der Eisenbahn, von der heutigen Art zu reisen, und die wunderbaren modernen Erfindungen wurden heruntergemacht und verspottet, man sehnte sich nach den Kaßrilowker Plachenwagen zurück, in denen es zwar auch nicht großartig war, aber immerhin nicht so widerlich wie hier ...

Kaßrilowka unter den ›Völkern‹

Unsere Erwählten wetzten so lange ihre Zungen, verspotteten die Eisenbahnen und alle übrigen neuzeitlichen Einrichtungen, bis sie dessen überdrüssig wurden. Dann aber fingen sie doch an, sich nach allen Seiten umzusehen, ob sie nicht wenigstens einen Platz für den alten Rabbiner Reb Joißifl fänden, der von der Reise bereits sehr erschöpft war, der Ärmste. Und Gott half, sie fanden einen und setzten ihren Rabbiner neben einen Kerl hin, einen verwegenen Burschen in einem roten, über die Hosen herabreichenden Kittel und einer Ziehharmonika in den Händen. Der Bursche war unter der Wirkung einiger Gläschen in recht strahlender Laune, er spielte mit verdrehten Augen die Ziehharmonika und sang dazu das schöne Lied:

»Kostjuschkas Mutter
Ans Sterben ging,
Ans Sterben ging,
Tat jedoch nicht sterben,
Umsonst nur Zeit verloren ...«

Und noch einmal, aber schon bedeutend lauter:

»Kostjuschkas Mutter
Ans Sterben ging,
Ans Sterben ging,
Tat jedoch nicht sterben,
Umsonst nur Zeit verloren ...«

Und dann wieder dasselbe und noch lauter und noch schneller:

»Kostjuschkas Mutter
Ans Sterben ging ...«

Und so weiter, ohne Ende, wie ein Leierkasten.

Immerhin, dieser Nachbar war wenigstens lustig. Auf der andern Seite dagegen hatte der liebe Gott Reb Joißifl mit einem Nachbarn in einem Schafpelz beschenkt. Der war gegen die ganze Welt erzürnt und spuckte auf sie. Er hörte nicht auf zu spucken. Und das mit solcher Wut, als läge er mit jemand fortwährend im Streit. Zum Glück bemerkte das Reb Joißifl gar nicht. Denn er war gar nicht gegenwärtig hier in dieser Welt. Seine Gedanken weilten weit weg, dort in der großen Stadt bei den ›Großen‹ …

Wie alle Kaßrilowker Juden lebte unser Reb Joißifl ständig in einer Traumwelt von Gedanken und verstiegenen Vorstellungen. Gerade hatte ihn die Einbildungskraft auf ihren Flügeln zum ›Größten‹ unter den ›Großen‹ davongetragen. Er sah einen herrlichen Palast mit goldenem Hausrat vor sich. Obenan am Tisch saß in einem Sessel der Mächtige selbst … Kaum hatte er die Männer erblickt, da erhob er sich, entbot ihnen den Friedensgruß und fragte sie nach ihren Wünschen. Und er selbst, Reb Joißifl, trat vor und sagte: ›So und so …‹, und er las ihm ein ganzes Verzeichnis der Kaßrilowker Juden und ihrer Nöte vor, erzählte, wie elend die Ärmsten schon von jeher leben müssen und erst recht jetzt, nach dieser schrecklichen Zerstörung … Der Reiche hörte die Erzählung bis zu Ende aufmerksam an, stand auf, trat zum Geldschrank, entnahm ihm eine gehörige Summe und wandte sich zu Reb Joißifl mit den Worten:

›Was denkt Ihr, wird das genügen?‹

›Obs genügen wird?‹ antwortet Reb Joißifl und fährt in seinem Selbstgespräch fort, wobei er Hände, Augen und sogar die Stirne bewegt, ohne darauf zu achten, daß ihm gegenüber andere Reisende auf der Bank sitzen, allerhand Gestalten, dazwischen auch Weiber mit roten Gesichtern, sie knacken Sonnenblumensamen, lachen ungeniert und laut und amüsieren sich nicht schlecht über unsere Kaßrilowker, äffen ihre Sprechweise nach, und wie sie die Hände bewegen, die Schläfenlocken schütteln. Vor allem aber gilt der Spott ihm, dem alten Reb Joißifl in seinem seidenen Überwurf und der geschwänzten Pelzmütze.

Doch Spott und Hohn wurden, sozusagen, reichlich erwidert. Unsere Erwählten blieben ihnen ihrerseits nichts schuldig.

»Es scheint, daß der Bauer den Segen über das Getränk heute schon mehrere Male gesprochen hat ...«, bemerkte einer, und ein andrer fiel ihm auf hebräisch ins Wort: »Man sieht es deutlich ... an seinen Augen!«

»Ein großes Glas voll mit Naß«, versuchte ein Dritter zu reimen.

»Ja, er ist voll bis an den Rand ...«, rief einer und tat, als blicke er zur Decke hinauf. Wieder ein anderer beendete den Satz: »Über die Ufer getreten ...« und kratzte sich am Hals.

»Wie gefällt euch der Niggen, den er da plärrt?«

»Ein chassidisch Liedchen, vermutlich.«

»Mit sinnvollem Inhalt.«

»Tief und weise. Kostjuschkas Mutter ist beinahe gestorben. Ein Ereignis! ...«

Selbst Reb Joißifl, dem jeder Spott fern lag, konnte sich der Frage nicht enthalten, die er mit einem feinen Lächeln an seine Reisegefährten stellte: was diese seltsamen Worte des Liedes bedeuten. Und es fand sich einer, der ihm den Sinn erklärte: »Es hat, versteht Ihr, offenbar einen gegeben, der Kostjuschko hieß, dieser Kostjuschko hatte eine Mutter, und diese Mutter, sagt er, schickte sich an zu sterben, ist aber nicht gestorben ...«

Reb Joißifl hört angestrengt zu, aber er versteht den Sinn nicht, der dahinter steckt. Was soll das heißen – sie schickt sich an zu sterben? Das Sterben hängt doch nicht vom Menschen ab? Zum Sterben wird man gezwungen ...

»Ein Vieh ohne Verstand – was ist darüber zu reden!« ruft einer dazwischen, schüttelt den Kopf und sieht hochmütig auf die lustige Gesellschaft herab.

Er bekommt bald die Quittung darauf von der Gegenseite, wo jemand gerade nachäfft, wie die Juden beten: er schlägt sich in die Brust und spricht in einem seltsamen Singsang: »Tatele, Mammele! Tatele, Mammele!« Und seine ganze Umgebung schüttelt sich vor Lachen.

»Sie lachen über uns. Sie verspotten den Juden! Überall werden wir verhöhnt!« bemerkt einer der Erwählten mit einem tiefen Seufzer und nickt Reb Joißifl zu. Dieser sieht nach dem Burschen hin, der sich hin und her wiegt und Grimassen schneidet.

»Nicht über uns lacht er, mein Lieber!« sagt Reb Joißifl, »über sich selbst lacht er. Über uns zu lachen ist kein Grund, mein Guter! Über uns müßte man weinen und eine Lehre daraus ziehen, eine Moral: was wir einst waren und was aus uns geworden ist ...«

Und Reb Joißifl erzählt bei dieser Gelegenheit, wie immer, ein sehr schönes Gleichnis von einem König – seine Reisegefährten hören sie sicherlich heute nicht zum ersten Mal –, indes der Rädelsführer im roten Kittel mit der Ziehharmonika seine Stimme immer tiefer sinken läßt, offenbar ist es ihm selbst schon zu langweilig geworden:

»Kostjuschkas Mutter
Ans Sterben ging,
Ans Sterben ging,
Ging ...«

»Friede sei mit euch!« ruft plötzlich ein neuer Fahrgast, wie vom Himmel gefallen, dazwischen. »Woher des Wegs und wohin? Wie seid ihr hierher geraten, zwischen diese da? ... Kommt in unsern Wagen, dort sind wir wenigstens unter uns, unter Eigenen ...«

Wie Fische, die eben gefangen und aus dem Netz wieder ins Wasser geworfen wurden, so fühlten sich unsere Abgesandten, als sie in den andern Wagen und unter eigne Leute, unter Juden übersiedelten. Man kann nicht behaupten, daß es dort viel sauberer oder bequemer gewesen wäre. Möglich sogar, daß es am Anfang auf den neuen Bänken enger war, denn dort, woher sie kamen, saßen viele Fahrgäste auf dem Boden und hatten kein überflüssiges Gepäck – ein Sack und ein Paar Stiefel war alles. Hier unter den Juden dagegen war die Enge und der Wirrwarr noch schlimmer, man konnte sich des vielen Gepäcks wegen kaum rühren.

Bekanntlich nimmt jeder Jude auf die Reise mindestens zwei, drei Bündel mit, die Weiber aber außerdem noch Polster, Steppdecken und allerhand Fetzen. Darum sehen die Juden unterwegs nicht wie Reisende aus, sondern wie Auswanderer, die in irgendein fernes Land ziehen, wo Kissen, Decken und sonstiger Plunder für kein Geld zu haben sind. Dafür aber fühlen sie sich überall wie zu Hause ... Wohin Juden auch reisen, führen sie, sein Name sei gepriesen, ihr Zuhause mit, ihr Ghetto und ihren Goles, deshalb haben sie offenbar auch überall dasselbe Gesicht, verändern sich nicht so schnell und fühlen sich nur wohl, wenn sie beisammen sind.

Und die Welt kommt ihrem Wunsch gern entgegen: wollt ihr beisammen sein, nun, so bleibt beisammen ...

Als sie den neuen Wagen betraten und sich überzeugten, daß sie hier zu Hause, unter Eigenen waren, machten unsere Erwählten es sich bequem wie in Vaters Weinberg, legten ihre Bündel auf die anderen Bündel und zwängten sich in die dichtbesetzten Reihen hinein, indem sie ein bißchen zusammenzurücken baten. Hat man sich aber einmal hineingedrängt, dann kam es nicht mehr darauf an, obs den Nachbar noch ein wenig drückte – und warum ihn auch nicht ganz verdrängen? ... War man doch unter Eigenen, unter Juden ...

Doch habt keine Angst, man wird sich, Gott behüte, deshalb nicht zanken und wegen solcher Kleinigkeit einander nicht beschimpfen. Höchstens fällt eine spitze Bemerkung oder eine Anspielung. Tritt einer, zum Beispiel, jemand recht heftig auf den Fuß, so fährt dieser hoch und sagt gleichsam nebenher:

»Habt Ihr aber, unberufen, einen harten Tritt, Onkel!«

Oder es stellt einer seinen Koffer dem andern fast auf den Rücken, dann richtet sich die Abwehr nicht gegen den Betreffenden, sondern gegen den Koffer:

»Hört mal, Euer Koffer scheint aber noch nie krank gewesen zu sein!«

Oder es steht einer dem andern im Licht, dann lautet es so: »Hört mal, ich fürchte, Ihr seid nicht aus Glas ...«

Sollte es aber auch einmal vorkommen, daß zwei Juden wegen eines Platzes im Wagen in Streit geraten, so hört sich alles mehr scherzhaft an:

»Entschuldigt, Onkel, das ist mein Platz!«

»So? Wirklich? Womit, zum Beispiel, beweist Ihr, daß es Euer Platz ist?«

»Weil ich da gesessen bin!«

»Und wenn – habt Ihr da Sabbat gefeiert? Oder steht auf diesem Platz geschrieben: dieser Platz gehört ...«

Und der Sitzende ist nicht faul, erhebt sich und sieht nach, ob auf dem Sitz die Aufschrift ›Dieser Platz gehört ...‹ steht. Das scheint den andern schon zu ärgern, und er ruft dem Usurpator zu:

»Ihr seid, scheint mir, schon zu ...«

»Zu – was?« fragt dieser zurück, worüber das Lachen der Mitreisenden sich steigert. So geht eine Weile Rede und Gegenrede, bis man Rat schafft, man macht es sich etwas enger, rückt zusammen, und der Stehende bekommt seinen Platz. Meinetwegen, denkt ein jeder, es sitzen, unberufen, so viele Juden, wird noch einer sitzen ... Und die beiden, die eben den Wortwechsel miteinander hatten, schmollen wohl noch eine Weile, dann wird über die Uhren eine Brücke geschlagen: Wieviel Uhr ist es bei Euch? – Oder man sieht zusammen zum Fenster hinaus: »Wißt Ihr vielleicht, wie die Station heißt?« So ist bald eine Unterhaltung im Gange über Stationen, Eisenbahnen, Geschäfte – und es geht glatt wie auf Schienen. Ein dazukommender neuer Fahrgast, der die beiden sieht, meint, es seien zwei Teilhaber oder Verwandte oder Verschwägerte oder einfach gute Freunde aus der gleichen Stadt …

Mögen kluge Leute Witze machen, soviel sie wollen, mögen sie Sprüche von sich geben, wie: ›Sitzen soll man zwischen Nichtjuden und liegen zwischen Juden‹, oder: ›Mit Juden ist nur gut Kugelspeise zu essen‹ und dergleichen. Ich bleibe dabei, daß Juden, zumal Kaßrilowker, sich unter sich viel wohler und heimischer fühlen als unter Fremden.

Ein Mann, der welcher …

Der Mann, der, wie vom Himmel heruntergefallen, unsere Delegierten in seinen Wagen übersiedelt hatte, war eines jener seltenen Individuen, wie man sie nur unterwegs antrifft. Kaum seid ihr ihm begegnet, so seid ihr auch schon gut Freund mit ihm und innig verbunden, als kenntet ihr ihn seit Jahren. Wer er ist, wißt ihr nicht, was er ist, wißt ihr auch nicht. Er kann ebensogut ein Ladenbesitzer wie ein Börsenmakler sein. Noch wahrscheinlicher ist er ein Schneider, ein Mann mit Einfluß bei Behörden, der ›Aufenthaltserlaubnisse‹ und dergleichen vermittelt …

An sich ist er ein Mann von mittlerem Wuchs und ebensolchem Besitzstand, brünett, mit dem Glanz des armenischen Typus, mit einem kurzen Bärtchen und kleinen schwarzen unruhigen Augen – den Hut im Nacken –, eine bewegliche, lebhafte Gestalt, die nicht still sitzen kann, immer was tun, irgendwohin eilen oder mit jemand reden muß. Überhaupt reden – das ist sein Gebiet. Findet sich im Wagen ein Jude, ist es gewiß gut, wenn nicht, ist ihm ein Bauer, ein Soldat, eine Gnädige oder auch ein Pope recht. Zur Not genügt ein Schaffner, ein Heizer, ein Bahnarbeiter – der Teufel selbst, wenn nur in Gestalt eines Menschen. Und eine Kraft ist in ihm – wen immer er vor sich hat, den bringt er zum Reden, es wäre denn ein Taubstummer! Er hat es nämlich heraus – versteht mich –, worüber und auf welche Weise man mit jedermann ein Gespräch einfädelt. Sprechen kann er mit euch, wovon ihr wollt; man kann sagen, es gibt kein Ding auf der Welt, von dem er nicht weiß, und keinen Menschen, den er nicht kennt. Es ist ein wahres Vergnügen, mit einem solchen Reisegefährten im gleichen Wagen zu sitzen. Außerdem ist er einfach ein guter Kerl, offenherzig und sehr gefällig. Mag er euch zum ersten Mal in seinem Leben sehen, sofort ist er bereit, für euch zu tun, was ihr wollt: braucht ihr eine Fahrkarte an der Kasse oder soll er euch die Sachen zusammenpacken helfen? Mit dem größten Vergnügen! Indessen wirft er einen Blick in euer Gepäck, schätzt ab, was euer Koffer, euer Pelz oder eure Uhr wert ist. Er rechnet es euch genau auf die Minute aus, wann ihr zu Hause ankommt, was euch das Gepäck kosten wird, und gibt euch einen Rat, wie ihr am besten fahren und wo ihr umsteigen müßt. Dabei hält er euch am Knopf fest, das Hütchen ist ihm in den Nacken gerutscht, sein Gesicht glüht, die Augen brennen, als ginge ihn das alles wer weiß wie nahe an. Mit einem Wort – es war eine Art Mensch, der bei uns ›ein Mann, der welcher …‹ genannt wird.

Für unsere Kaßrilowker Reisenden war der ›Mann, der welcher …‹ eine wahre Oase in der Wüste, Gesundheit für den Leib, Salz für die Knochen. Und in der Tat, man bedenke – die Mission, die ihnen oblag! Das erste Mal in die Fremde reisen, nach einer so großen Stadt, von der ihre Vorfahren nicht einmal geträumt haben! Man weiß ja nicht einmal, wo eine Tür sich öffnet, und reist in einer solchen wichtigen, ja heiligen Angelegenheit!

Auch in den Mann kam neues Leben, er fühlte sich erfrischt, geradezu erquickt. Als er erfuhr, wo-

hin, zu wem und weswegen sie reisen, überschüttete er sie mit Ratschlägen, wie sie sich vom ersten Augenblick an, von der Ankunft am Bahnhof, bis sie an ihr Ziel gelangt sind, benehmen sollen. Und die Erwählten sahen ihm auf den Mund, nickten mit den Köpfen und verschlangen förmlich jedes seiner Worte.

»Ihr reist, meine lieben Juden«, redete er auf sie ein, treubesorgt wie ein Vater, lächelnd und sich das Bärtchen streichelnd, »ihr reist«, wiederholte er, »in einer sehr wichtigen, man kann fast sagen in einer heiligen Sache ... Gebe der Allmächtige, daß ihr Glück habt, so werdet ihr mit Seiner Hilfe sicher Erfolg haben. Dessen bin ich so gewiß, wie es heute der dritte Tag in der Woche auf der ganzen Welt ist. Die Hauptsache ist: ein und aus zu wissen. Es ist eine große, ausgedehnte, nichtjüdische Stadt, versteht mich wohl, doch auch Juden gibt es dort, unberufen, genug, und just reiche. Das heißt, es leben dort auch genug Habenichtse, vielleicht mehr sogar als Reiche. Doch die Armen braucht ihr ja nicht. Leute, die nichts haben, habt ihr selber genug. Darum ist mein Rat, begebt euch zu den Großen, zu den ganz Großen. Nun wollt ihr wohl wissen, wer sind bei uns die ganz Großen? Nehmt, bitte, ein Stück Papier und einen Bleistift und schreibt auf: ich werde sie euch ganz genau nennen, mit Adresse und auch die Abstammung eines jeden genau angeben. Ich kenne sie, ihr versteht, durch und durch. Mächtig sind sie alle und möchten einander übertreffen, überspringen und, wenn sie könnten, einer den andern mit Haut und Knochen verschlingen. Jeder von ihnen möchte obenan sein, es dem ganz Großen gleichtun, dem wahrhaft Mächtigen, dem Löwen unter den Tieren ... Ich sehe es euch an, daß ihr schon wißt, wen ich meine ... so heißt er nämlich wirklich ... Und wie sein Name, so ist er auch ... er ist in der Tat ein Löwe, ein König, ein Magnat, ein Gewaltiger, ein Millionär. Wollt ihr wissen, wieviel Vermögen er hat? Fragt lieber nicht – wie groß ihr es euch auch vorstellen könnt, so ist es zwei-, drei-, zehnmal soviel! Man kann mit Fug sagen – fünfzig Millionen! und man kann ebensogut sagen siebzig, und wenn ihr mich sehr bittet, dann vielleicht sogar hundert! An ihn müßt ihr euch ganz zuletzt wenden, wenn ihr mit allen übrigen Großen fertig seid. Ihr erwartet doch gewiß eine gewichtige, eine großartige Gabe. Und eine solche bekommt ihr nur bei ihm. Denn sobald ihr ihn in einem günstigen Augenblick antrefft, ist es nicht verkehrt zu sagen, daß er tausend spendet oder fünfzig, ja sogar hunderttausend – das ist doch ein Nichts für ihn! Oder halt! Gebt acht! Ich weiß euch noch einen bessern Rat!«

Hier versank der ›Mann, der welcher ...‹ in tiefes Nachsinnen, strich sich das Bärtchen und begann wie einer, der plötzlich einen glücklichen Einfall hat, folgendermaßen:

»Hört zu, meine lieben Juden, was *ich* euch sagen werde. Bei euch ist das ganze Städtchen abgebrannt? Da braucht ihr doch Holz, um Häuser zu bauen? Und er hat gerade einen Wald nicht weit von eurer Gegend, und was für einen Wald, einen Wald mit Bäumen! Was kostet es schon einen solchen Millionär, die Feder einzutauchen, auf einen Zettel zu schreiben: ›Ich ersuche, auf meine Rechnung auszufolgen ...‹« und in den Wald zu schikken? Und der ›Mann, der welcher ...‹ machte eine Bewegung mit der Hand, wie der Reiche mit der Feder, und unsere Kaßrilowker Erwählten wurden bei diesen Worten von Rührung übermannt, und Tränen traten ihnen in die Augen. Hier aber hielt es der ›Mann, der welcher ...‹ für angezeigt, ihre Begeisterung etwas zu dämpfen. Er hatte offenbar das Gefühl, zu große Hoffnungen in ihnen erweckt zu haben; er strich sich das Bärtchen und sprach:

»Ich muß aber, meine lieben Juden, nochmals wiederholen: es hängt sehr davon ab, in welcher Laune ihr ihn antrefft ... Trefft ihr ihn, behüte Gott, auf der linken Seite an, so seid ihr nicht zu beneiden. Er ist ein Mann, dem alle nach dem Munde sehen, versteht mich, er ist so groß, so gewaltig – wie heißt es doch in der Schrift: ›Was kann der Sohn tun? ...‹ Ja, wenn ihr keine Juden wäret ... he-he-he ...«

Die Kaßrilowker Abgesandten gerieten bei diesen Worten in große Verwirrung. Sie begriffen nicht, was der Mann damit meinte, was es heißen sollte – wenn sie keine Juden wären? Was sollten sie denn sein? Irgendwelche Zwitter? ...

Der ›Mann, der welcher ...‹ merkte, daß sie ihn nicht verstehen, und versuchte es ihnen zu erklären:

»Versteht mich recht, meine lieben Juden, der Mann ist sehr groß, sehr einflußreich und angesehen bei den Christen. Generale kommen zu ihm ins Haus und sitzen mit ihm, so wie ich mit euch hier. Nun, wenn Christen mit einem Juden auf diese Weise verkehren, so ist doch klar, daß der Jude geradezu bereit ist, sich für sie aufzuopfern ...«

Man kann nicht behaupten, daß dieser Kommentar unsere Kaßrilowker besonders erleuchtet hätte. Sie saßen da, Mund und Ohren aufgerissen, und der Mann fuhr fort, sein Bärtchen zu streicheln und Lob und Preis der Großen zu singen. Er zählte ihnen die ganz Großen und die kleineren Großen der Reihe nach auf, mit Namen, Straße und Hausnummer, und fügte fast bei jedem eine kurze, aber scharfe Charakteristik hinzu, womit man allein schon ein Buch füllen könnte, wenn das hier unsere Absicht wäre. Da aber die Hauptsache hier die Geschichte der Kaßrilowker Abgebrannten ist, halten wir uns dabei nicht länger auf und kehren zu unseren Erwählten in die große nichtjüdische Stadt zurück, an die Stelle, wo wir sie gerade bei Beginn ihres heiligen Werkes verlassen haben.

In der Zwischenwelt

Die Zwischenwelt, wie sie in unseren heiligen Büchern beschrieben wird – das war für unsere Erwählten die große Stadt mit ihren ›Großen‹. Der ganze Dreh jener Zwischenwelt besteht nämlich darin, daß die Seele auf Erden in allen ihren Ecken und Winkeln herumirrt, alles sieht, hört und fühlt – nur der Körper ist dabei nicht anwesend. War es infolge der großen Aufregung durch die Geschichten, die sie in der Eisenbahn von dem ›Mann, der welcher ...‹ gehört hatten, oder weil sie zum ersten Mal in die große freie Welt versetzt waren, – jedenfalls fühlten sie sich so, als wären sie auf dieser Welt nicht gegenwärtig, das heißt, ihre Seelen irrten wohl da zwischen den Großen herum, der Leib aber war weit weg, wer weiß wo.

Vom ersten Moment an erging es ihnen nicht ganz geheuer, jedenfalls anders, als sie sichs vorgestellt hatten. Sie folgten zwar einem gewissen Plan, einem System, wie es ihnen jener Mann mit den glühenden Augen beigebracht und dem Verzeichnis der Straßennamen und Hausnummern, die er ihnen aufgeschrieben hatte. Sie begannen bei den kleineren ›Großen‹, gingen dann zu den größeren ›Großen‹ über und stiegen so immer höher und höher. Man kann nicht behaupten, daß sie keinen Erfolg gehabt hätten. Spenden gab es genug, oder wie sie sich später zu Hause vor ihren Leuten rühmten: ›Ein Regen von Spenden ergoß sich über unsere Häupter.‹ Ob das buchstäblich zu nehmen ist, wissen wir nicht, sicher aber ist, daß es nach Kaßrilowker Begriffen ungewöhnliche Gaben und Summen waren, die sie hier bekamen, sie übertrafen ihre Vorstellungen. Was also bedrückte sie hier? Eins vor allem: es schien ihnen, als seien sie nicht unter Eigenen, unter Juden: sie wurden wie Wildfremde, ganz Fernstehende abgefertigt, bekamen ihre Gabe, und im übrigen – nichts für ungut. Manche, bei denen sie vorsprachen, wollten sie nicht einmal sehen, sie schickten ihnen ihre Gabe entgegen, bevor sie noch über die Schwelle traten. Andre waren sogar böse, ließen sie nicht zu Worte kommen: »Abgebrannt? Wir haben dergleichen schon gehört, ihr seid nicht die einzigen.« Es kam auch vor, daß sie angeschrien, mit unwürdigen Namen, ›Parasiten‹, ›Abgebrannte‹, ›Schnorrer‹ belegt wurden. Ein blasser junger Mann mit spitzer Nase und seitwärts säuberlich zurechtgestrichenen Bartkoteletten verlangte, sie sollten ihr Buch vorzeigen.

»Was für ein Buch?«

»Das Buch, in das die Spenden eingetragen werden.«

Das war zuviel, der alte Reb Joißifl trat ihm entgegen: »Die Spenden für unsere Abgebrannten werden mit einer solchen Schrift und in einer solchen Sprache eingetragen, die weder Ihr noch ich lesen können ...«

Reb Joißifl sprach diesmal verhüllt, zwar mit dem gleichen einnehmenden Lächeln wie sonst, doch klang in seiner Stimme ein Ton von Gekränktheit mit. Er war nicht darüber beleidigt, daß man Untadelige verdächtigte. Nein, ihn berührte nur die Kälte, mit der man ihnen überall, in jedem Haus fast dieser jüdischen Großen begegnete, so schmerzlich. Reb Joißifl war es von Kaßrilowka her gewohnt, daß ein Jude seine Spende, und wäre es nur ein Pfennig oder ein halber, von ganzem Herzen gibt. Denn abgesehen davon, daß man einem Armen hilft, tut man doch damit ein gutes Werk und erfüllt ein Gebot ... Er wunderte sich auch, daß keiner von all diesen ›Großen‹ ihnen den einfachen gemütlichen jüdischen Gruß ›Friede sei mit Euch‹ entbot. Es fand sich auch keiner, der sich nach Kaßrilowka näher erkundigt hätte, der den Wunsch gehabt hätte, eine Schilderung ihres Unglücks, ihres Kummers anzuhören. Sobald sie nur anfangen wollten, sich auszusprechen, die große Zerstörung, die sie erlebt, zu erzählen, gleich wurde die Börse geöffnet, als wollte man ihnen bedeuten: ›Hier nehmt und geht eurer Wege ...‹

Stets gewohnt, jeden Menschen zu rechtfertigen, suchte Reb Joißifl auch für die Großen nach einer Entschuldigung.

›Wenn Menschen sich in einem solchen Fegefeuer aufhalten müssen!‹ dachte er bei sich und schritt noch rüstiger aus, gar nicht, wie es seinem Alter entsprach, unermüdlich weiter und weiter.

Es war schon ziemlich spät am Tage, als unsere

Gesandtschaft das Haus des ganz Großen erreichte, des ›Löwen unter den Tieren‹, wie ihn jener Mann in der Eisenbahn genannt hatte. Da fiel ihnen auch jene Andeutung über diesen Mächtigen ein: ›Ja, wenn ihr keine Juden wäret, he-he-he!‹ …

Jenes Lachen damals und die Kälte, mit der ihnen überall begegnet wurde, bewirkten, daß sie den Mut verloren, an der Tür dieses Mächtigen die Glocke zu ziehen … Eine Weile standen sie unschlüssig und überlegten, ob man einfach so klingeln soll wie überall, oder vielleicht …

»Was vielleicht?«

»Nichts.«

»Warum also sagt Ihr ›vielleicht‹?«

»Wer hat vielleicht gesagt?«

»Habt Ihr nicht vielleicht gesagt, warum klingelt Ihr nicht?«

»Wer sagt, daß ich es soll? Warum nicht Ihr?«

»Muß das immer so unter Juden zugehen?«

»Ruhe, Ruhe, meine lieben Kinder, nur ruhig!« ruft Reb Joißifl und zieht die Glocke ganz leise, so schwach, wie es ihm seine achtzig Jahre erlauben …

In der oberen Region

Während sie so bei dem Größten der Großen, bei dem ›Löwen unter den Tieren‹ vor der Türe standen, hatten unsere Erwählten Zeit, sich in Betrachtungen über die oberen Regionen zu vertiefen. Was geschah dort? Was, zum Beispiel, treiben die Großen in ihren Gemächern, während die ›kleinen Leute‹ an der Türe warten, mit ihren kleinen Anliegen, Geschäften, Bitten, Plänen und Träumen? Sitzen sie indessen da oben über ihren großen Geschäftsbüchern, strengen ihr Gehirn an und sind so vertieft, daß sie nicht ahnen, was unten geschieht? ... Oder denken sie vielleicht darüber nach, was sie mit der Macht des Geldes, womit der Höchste sie beschenkt hat, zum Wohl ihres Volkes oder der ganzen Menschheit in der Welt ausrichten oder verbessern könnten? Oder sitzen sie einfach da, die Hände im Schoß, und genießen alle schönen Gaben dieser Welt, essen, trinken, schlafen, wie ganz gewöhnliche Menschen?

Das zu überdenken hatten unsere Abgeordneten genügend Zeit: auf das schwache Läuten des alten Reb Joißifl kam niemand herbeigestürzt, um zu öffnen. Sie hatten auch Zeit, sich darüber einig zu werden, auf welche Weise man dem Mächtigsten unter den Großen entgegentreten und wer mit ihm sprechen sollte. Natürlich mußte Reb Joißifl der

Sprecher sein. Wer denn sonst? Die Frage war nur, wie er beginnen sollte? Denn nach dem Schrecken, den der Mann in der Eisenbahn ihnen eingejagt hatte, mußte man sich vorher genau darüber klar sein, wie man ihn behandeln und was man ihm sagen sollte. Nicht umsonst steht geschrieben: ›Tod und Leben liegen im Wort‹, der Sinn ist: man kann mit einem Wort so viel verderben, daß es nachher auch mit zehntausend Worten nicht mehr gutzumachen ist.

Die Meinungen teilten sich in zwei Gruppen, eine rechte und eine linke. Die rechte, die aus den älteren der Erwählten bestand, ging den rechten Weg. Sie drang darauf, daß man vor einem so Mächtigen, Reichen nur als Schutzflehende auftreten, daß ihm die Zerstörung von Kaßrilowka mit allen Schikanen und Schrecknissen dargestellt werden müßte. Etwa so: Da war vor kurzem noch eine Stadt, wie alle anderen Städte. Doch mitten in der Nacht erhob sich ein Sturmwind und ein Feuer von Gott, und die ganze Stadt ging in Rauch und Flammen auf, und Kaßrilowka ist von der Erdoberfläche getilgt ... Dabei sollte man mit düsteren Farben nicht sparen, wie da nackte, barfüßige, hungrige Menschen unter Gottes Himmel herumlungern und um Brot flehen. Man dürfte sich nicht scheuen, einige Tränen sehen zu lassen, und warum auch nicht sich ausweinen, wie es sich gehört? ... Die linke, junge Leute natürlich, meinte im Gegenteil: »Wie kommen wir dazu, plötzlich in Weinen auszubrechen? Sind wir Weiber? Oder glaubt ihr, daß reiche Leute gerade auf Tränen erpicht sind? Man muß ihnen mit Gerechtigkeit beikommen, man muß die Frage so stellen: ist es denkbar, daß zu gleicher Zeit, wo hier das Gold auf der Straße liegt und die Menschen nicht eine Hand rühren, dort andere um ein warmes Essen sterben, lebendige Menschen, unser Fleisch und Blut?«

»Ei-ei! Ei-ei!« faßten sich die Rechtsstehenden entsetzt an ihre Köpfe, »ihr wollt uns wohl ohne Messer die Gurgel abschneiden? So sind die Jungen ...«

Zum Glück war Reb Joißifl dabei und konnte sie mit sanfter Rede, wie es seine Art war, beschwichtigen.

»Kinderchen«, hob er an, »euer Streit ist müßig. Was kann ein Mensch, ein armes Geschöpf aus Fleisch und Blut wissen, was ER sagen wird? Als der Frevler Bileam bestochen wurde und bereit war, den Juden zu fluchen, hatte er erwartet, daß der Ewige ihm die Worte im Munde ins Gegenteil verkehrt? Wir werden ihn, so der Höchste es will, nicht durch Flehen und nicht durch Forderungen gewinnen, sondern mit einem Gleichnis. Wenn es dem Ewigen gefällt, werde ich ihm ein Gleichnis von einem König erzählen, der gegen seine Dienstleute in Zorn geriet und seinen eigenen Palast in Brand steckte ...«

Schade, daß das schöne Gleichnis plötzlich eine Unterbrechung erfuhr, an der weder Reb Joißifl noch die Erwählten schuld waren. Schuld war eine völlig außenstehende Person, jenes bewaffnete Individuum nämlich, das wir im Anfang unserer Erzählung erwähnt haben. Es liegt nahe zu denken, daß der Polizist, dessen Aufgabe es war, die Straße zu überwachen, die ganze Zeit schon unsere Kaßrilowker im Auge behalten hatte. Die Gesellschaft mißfiel ihm, wie sie so von Haus zu Haus pilgerte, die Köpfe hochriß, um die Hausnummern zu studieren, und immer wieder stehenblieb, um sich laut und vielstimmig zu unterhalten – wie die Gänse. Als sie jetzt wieder stehenblieben und sich auseinandersetzten, verlor er die Geduld und ging auf sie los, diesmal aber mit mehr Forschheit und Angriffslust.

Als sie den Feind so nahe vor sich erblickten und die Gefahr erkannten, erstarben unsere Abgesandten und waren sich einig, daß man fliehen, sich retten müßte. Doch wohin? Zurück? Das hieße, ihm in die Arme laufen. – So stürzten sie sich alle zugleich auf die Klingel und rissen mit aller Kraft an ihr. Und siehe da, Gott half, die Türe öffnete sich in der Tat, wie durch ein Wunder, und es erschien ein Mann mit einem roten verfressenen Gesicht, mit offenen, ausgeschnittenen Rockschößen und weißen Handschuhen an den Händen. Er kam voller Wut herausgestürzt, gestikulierte, schrie, schimpfte und stellte sich an, als wären sie Wilde, Räuber oder Gesindel, das am hellichten Tag einen Überfall auf das Haus seines Herrn unternommen hätte.

Zuerst, als sie den Eingang vor sich offen sahen, versuchten die Kaßrilowker Verbrecher alle miteinander einzudringen. Doch der Mann mit dem feisten Gesicht und den weißen Handschuhen drängte sie mit aller Gewalt wieder hinaus. In diesem Augenblick eilte der bewaffnete Polizist herbei und ließ einen schrillen Pfiff ertönen, worauf ein zweiter, wie dieser von Kopf bis Fuß bewaffnet, wie aus dem Boden hervorwuchs.

Vergeblich baten die Kaßrilowker Erwählten den Mann mit den weißen Handschuhen, ihnen, wenn auch nur in den Vorraum oder in die Küche, Einlaß zu gewähren. Vergeblich hoben sie die Augen in die Höhe zu den hohen Fenstern, ob vielleicht der Ewige ein Wunder geschehen ließe (Er kanns, wenn Er will) und der Reiche selbst oder jemand von seiner Familie die Juden in solcher Gefahr erblicken und von oben den Befehl erteilen würde, sie ungeschoren zu lassen ...

Allein zu ihrem Mißgeschick sah niemand aus den hohen Fenstern hinab, und unsere Abgesandten, die vornehmsten Hausväter von Kaßrilowka mit ihrem Rabbi Reb Joißifl an der Spitze, wurden mit allen gebührenden Ehren an einen Ort abgeführt, wo es keine Miete kostet und wo alle gleich vornehm sind: selbst Juden und sogar Juden aus Kaßrilowka dürfen dort jahrelang sitzen bleiben.

Das Wunder

Wenn einer meint, daß heutzutage keine Wunder mehr geschehen, dann befindet er sich in einem Irrtum. Zwar sind die Wunder heutzutage selten, sehr selten, aber sie geschehen doch. Der beste Beweis dafür sind unsere Kaßrilowker Gefangenen.

Die Leser werden wohl denken, daß wir, wie alle Schriftsteller, übertreiben und Dinge erzählen, die ›nicht gestogen und nicht geflogen‹ sind. Doch wir versichern, daß was wir hier erzählen, lautere Wahrheit ist. Just in dem Augenblick, als der oben beschriebene Vorfall vor der Tür des Großen, des ›Löwen unter den Tieren‹ sich ereignete, im gleichen Augenblick, als sie vor Angst zitternd dastanden und zu den hohen Fenstern hinaufsahen und ein jeder bei sich im Herzen dachte: ›Woher wird Hilfe kommen? Von Gott oder von einem Menschen?‹, da mußte es just geschehen, daß die uns von der Eisenbahn bekannte Persönlichkeit, der ›Mann, der welcher ...‹ vorbeikam ...

Er kam in seinen eigenen Geschäften vorbei, hastig, wie es seine Art war, das Hütchen im Nacken und tief in Gedanken, wie es schien. Als er plötzlich seine Reisegenossen von Polizei eskortiert erblickte, blieb er stehen. Er roch sofort, was hier los war, und war in der ersten Erregung bereit, einzugreifen und einen wüsten Krach zu schlagen. »Wofür? und warum? Was haben sie verbrochen?«

Doch er überlegte es sich anders. Lieber nicht. Er kannte sich selbst zu gut, er ist zu unbeherrscht. Wer weiß, was für Ausdrücke ihm dabei entfahren würden ... Er überlegte, daß man mit Gewalt nicht durchkomme, besser man bedenkt sich. Darauf rückte er sein Hütchen zurecht, strich sich das Bärtchen, kniff ein Auge zu, ein Zeichen, daß der Kopf arbeitet, und wandte sich raschen Schrittes zurück, wie einer, der einen guten Einfall hat und entschlossen ist, ihn durchzuführen.

Wohin ging er?

Wir wissen es nicht, dürfen jedoch vermuten, daß er stracks und direkt zu dem ›Löwen unter den Tieren‹ sich begab. Denn am gleichen Nachmittag begann das Telephon hinter den hohen Fenstern auf Tod und Leben zu arbeiten.

Auch auf der Polizei war großer Betrieb, Federn kratzten, Tinte wurde verschüttet, Akten wurden geschrieben, und die Gefangenen, die schon darauf gefaßt waren, den langen Weg nach Hause per Schub zurückzulegen, wurden mitten in der Nacht geweckt, aus der Finsternis herausgeholt und mit solcher Geschwindigkeit in eine große Helle überführt, als wären sie nicht ›kleine Leute‹ aus Kaßrilowka, sondern wer weiß wer ... Freilich bot man ihnen keine Sessel an und forderte sie auch nicht zum Sitzen auf, und von einer Entschuldigung war nicht einmal die Rede. Dafür aber wurden sie auch nicht angebrüllt und nicht mit dem Titel ›Jud‹ beehrt, es wickelte sich im Gegenteil alles in Ruhe, geradezu vornehm, ab, nur daß die Befreiung der Kaßrilowker Verbrecher in großer Hast, wie beim Auszug aus Ägypten, vor sich ging. Die kleinen Schreiber und Schreiberlein konnten sich nicht genug darüber wundern: »Wegen dieser Juden solche Aufregung!«

Als man zu unseren Gefangenen kam und ihnen befahl, sich hinauszubemühen, hatten sie im ersten Augenblick einander stillschweigend angesehen und wortlos voneinander Abschied genommen. Was mochte sie erwarten? Das wußte allein der Herr im Himmel. »Möchten wir doch, o Herr der Welt, mit einer Gefängnisstrafe davonkommen!« Denn was bedeutet schon Gefängnisstrafe in einer Zeit, da der Galgen etwas Alltägliches geworden ist? ... Damit hat es aber noch nicht sein Bewenden

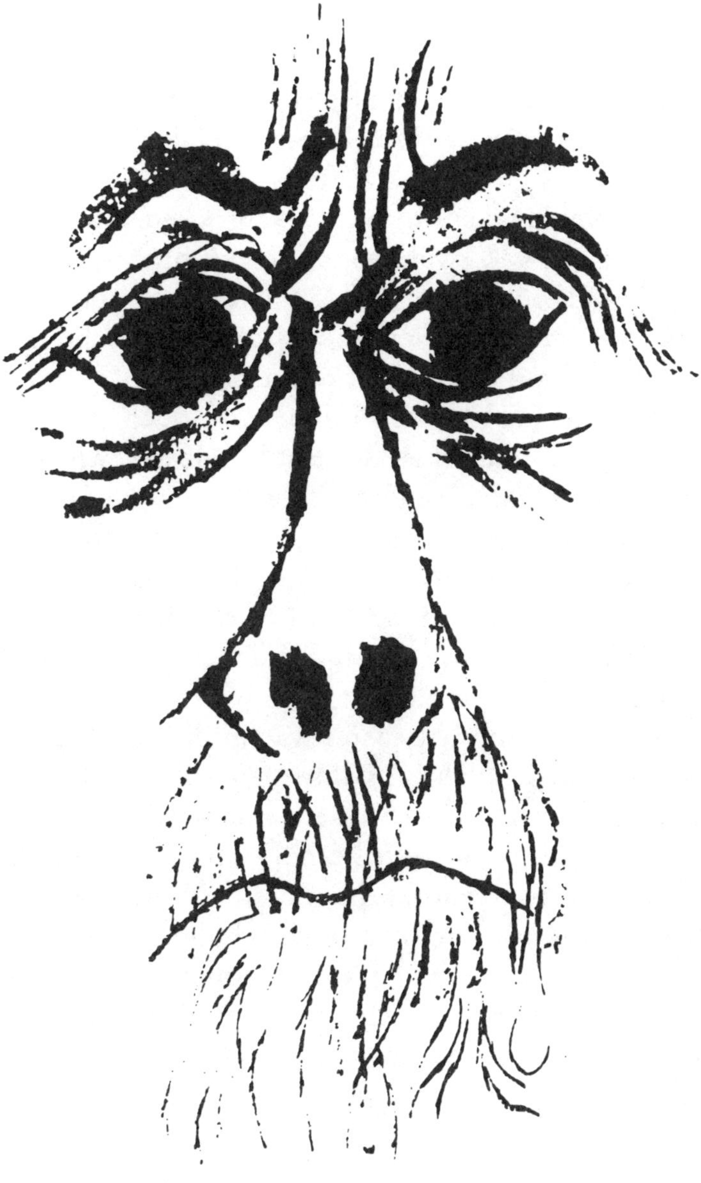

– jeder von ihnen hat doch auch Frau und Kinder, und wenn es sich um die handelt, dann sind die Juden, das müssen wir bekennen, gefährliche Egoisten.

Mit wankenden Knien und zerbrochenen Herzen wurden unsere Erwählten vor jene gebracht, in deren Händen ihr Geschick lag. Nur einer ging wie immer festen Schrittes voran, obgleich recht gebückt und auf seinen Stock gestützt.

Das war der alte Reb Joißifl.

»Wer ist unter euch der Rabbi selbst?« wurden sie halb ernst, halb spöttisch gefragt.

»Ich bins«, antwortete Reb Joißifl und trat mit solcher Kraft hervor, mit einer Todesverachtung, als wollte er die ganze falsche Anklage auf sich nehmen, bereit, für seine Juden das Schafott zu besteigen.

Schön, wunderbar schön war in diesem Augenblick der achtzigjährige Greis: sein gelbes zerfurchtes, bis zur Durchsichtigkeit geläutertes Gesicht leuchtete, als ruhte die Schechina auf ihm. In seinen alten Augen flammte ein junges Feuer, nur die Hände zitterten ihm, und seine Schultern wankten. Er stand und wartete darauf, was man ihm mitteilen werde, alles, das Schlimmste zu hören gefaßt, das böse Menschen nur ausdenken können. Wem gehorcht dieser Greis mit seinen achtzig Jahren, wer steht hinter ihm? Er hielt sogar eine Hand auf dem Rücken und blickte mit einem Stolz und einer Kühnheit dem Beamten gerade in die Augen, wie ihn die zu Tode erschrockenen Erwählten nie zuvor an ihrem Rabbiner gesehen. Das war ein erhabener Anblick, der lange, lange sich hinzuziehen schien, eine ganze Ewigkeit …

»Also du bist der Rabbiner selbst?« wiederholte der Beamte in dem gleichen halb ernsten, halb spöttischen Ton. »Hier hast du dein Geld wieder, das ihr für eure abgebrannten Juden zusammengebettelt habt, und jetzt nehmt eure Siebensachen (gemeint waren Gebetmäntel und Riemen) und dalli, dalli mit der Bahn zurück nach Hause! Bis zum Tagesanbruch darf hier keine Spur mehr von euch bleiben, marsch!«

Nach Hause zurückgekehrt, hatten unsere Erwählten genug Neuigkeiten, Wunder und Begebenheiten von ihrer Reise und von den Prüfungen, die sie der Abgebrannten wegen auszustehen hatten, zu erzählen: wie man gereist und angekommen war, was man gehört und gesehen hatte, wie die Spenden sich über sie ergossen – eine Sintflut von Spenden (war es früher ein Regen, so wurde es jetzt eine Sintflut), und wie sie vor den hohen Fenstern verhaftet und an den ›bestimmten Ort‹ abgeführt, ihnen das Geld abgenommen und sie ins Gefängnis gesperrt wurden. Und dann das Wunder, womit der Ewige ihnen bewiesen hatte, was ER vermag: sie wurden in Freiheit gesetzt, das Geld wurde ihnen bis auf den letzten Pfennig zurückgegeben und darüber hinaus – als sie schon im Begriff waren, die Heimreise anzutreten, hatte sie ein Mann in einem steifen Hut eingeholt und ihnen eine anständige Summe, eine Spende für die Kaßrilowker Abgebrannten überreicht. Die war von ihm selbst, von ›dem Löwen unter den Tieren‹, wie ihn jener Mann in der Eisenbahn genannt hatte. Und jetzt soll einer kommen und sagen, es gäbe keinen Gott auf der Welt!

Ja, die Erwählten von Kaßrilowka hatten was zu erzählen und haben es immer noch. Ich glaube, es langt für den ganzen Winter, und vielleicht wird sogar noch etwas für den Sommer übrigbleiben.

Nur Reb Joißifl erzählte nichts. Als hätte er den Mund voll Wasser, so schwieg er! Sehr erschöpft, schwach und gebrochen war er zurückgekehrt. Nicht so sehr am Leib, wie an der Seele … Außerdem war er sehr beschäftigt, diesmal allerdings mit sich selbst. Er rüstete sich, versteht mich recht, zu einer andern Reise, er machte sich bereit, einen weiten Weg zu ziehen, einen Weg, von dem niemand bis jetzt zurückgekehrt ist … Auch ein Mann wie Reb Joißifl, mag er Rabbiner sein und ein Greis von mehr als Achtzig, dazu ein alleinstehender Mensch ohne Familie und Anhang, ohne jeden Besitz – sobald er im Begriff ist, aus dieser sündigen Welt zu gehen, hat er viel, gar viel zu tun …

Die ewige Seligkeit

Wenn ihr wollt, erzähle ich euch eine hübsche Geschichte, wie ich einmal hineingefallen bin und beinahe für mein ganzes Leben unglücklich wurde. Und wie das kam? Doch nur, weil ich damals unerfahren und nicht allzu klug war. Es mag sein, daß ich auch heute nicht übermäßig gescheit bin; denn wäre ich gescheit, so hätte ich Geld: wenn man Geld hat, so ist man bekanntlich klug und schön und ein guter Sänger dazu.

Ich war damals noch ein junger Mann, aß ›Köst‹ bei den Schwiegereltern, saß ruhig da, lernte und sah zuweilen hinter dem Rücken des Schwiegervaters und der Schwiegermutter auch in ein weltliches Buch hinein; das heißt, weniger hinter dem Rücken des Schwiegervaters als hinter dem der Schwiegermutter. Denn ihr müßt wissen, meine Schwiegermutter war ein Mannsbild, das heißt, sie hatte die Mütze auf. Sie leitete die Geschäfte, sie verheiratete die Kinder und besorgte die Mitgift für die Töchter. Auch mich hatte sie selbst für ihre Tochter gewählt, in den Wissenschaften geprüft und aus Radomischl nach Swohil gebracht. Ich bin nämlich ein Radomischler, ihr habt wohl sicher von dieser Stadt gehört.

Ich saß also in Swohil, aß Köst, schwitzte über

dem Maimonides und ging niemals aus dem Hause. Als aber die Zeit der Assentierung kam, mußte ich nach Radomischl hinüberfahren, um meine Papiere in Ordnung zu bringen, mich um ein Befreiungsprivileg zu bemühen und mir einen Paß zu beschaffen, wie es einmal nötig ist. Das war meine erste Reise in die weite Welt hinaus. Ich ging selbst auf den Markt, um mir eine Fuhre zu mieten; ich tat es ganz allein, weil ich der Welt zeigen wollte, daß ich selbständig bin. Gott schickte mir eine billige Gelegenheitsfuhre: ich erwischte einen Goj aus Radomischl mit einem wunderbaren Schlitten – es war im Winter – mit breitem Rücken und zwei Flügeln an den Seiten, wie bei einem Adler; auf das Pferd hatte ich aber gar nicht geachtet: es war nämlich weiß, und ein weißes Pferd, sagte die Schwiegermutter, bedeutet Unglück. »Gebe Gott, daß ich unrecht behalte, aber ich habe das Gefühl«, sagte sie, »daß diese Reise mit einem Unglück enden wird ...«

»Beiß dir die Zunge ab!« fiel ihr der Schwiegervater ins Wort, was er übrigens sofort bereute, denn er bekam von ihr auf der Stelle ein ordentliches Donnerwetter. Mir sagte er aber leise: »Das sind so Weibereinfälle!«

Ich machte mich also reisefertig, nahm Talles und Tfillin, etwas Buttergebäck, ein wenig Geld für die Auslagen und drei Kissen: ein Kissen, um darauf zu sitzen, ein Kissen, um mich anzulehnen, und ein Kissen für die Füße. Und nun kam der Abschied. Wie es aber zum Abschiednehmen kommt, ist meine Zunge wie gelähmt! Es kommt mir so unschicklich vor, einem Menschen den Rücken zu kehren und ihn allein zurückzulassen. Ich weiß nicht, wie es euch geht, aber für mich ist das Abschiednehmen eine der schwierigsten Sachen. Doch halt! Ich glaube, daß ich zu weit von der Geschichte abschweife ...

Ich nahm also Abschied und machte mich auf nach Radomischl. Es war anfangs Winter, es hatte ordentlich geschneit, und der Schlittenweg war ausgezeichnet. Das Pferd war zwar weiß, flog aber so schnell dahin wie ein Psalm. Und der Goj, den ich erwischt hatte, gehörte zu den Schweigsamen: er war einer von den Gojim, die auf jede Frage entweder mit einem ›Ehé!‹, das heißt ›ja‹, oder mit einem ›Ba-ni!‹, das heißt ›nein‹, antworten und von denen man sonst nichts zu hören bekommt. Ich fahre von zu Hause nach dem Essen ab, bin in der besten Laune und habe ein Kissen unter mir, ein Kissen im Rücken und ein Kissen auf den Füßen. Das Pferd rennt, der Goj schnalzt mit der Zunge, der Schlitten fliegt, der Wind weht, und die Schneeflocken legen sich wie Bettfedern auf die Landstraße. Es ist mir so wohl zumute, ich fühle mich so frei und heiter: ich fahre ja zum ersten Mal in Gottes Welt hinaus und bin mein eigener Herr! Und ich lehne mich zurück und mache mich breit wie ein Graf ...

Es ist aber Winterszeit. Wie warm man auch angezogen ist, hat man doch Lust, Station zu machen, in einer warmen Stube auszuruhen und dann weiterzufahren. Und ich male mir eine warme Schenke aus und einen kochenden Samowar auf dem Tisch und einen Teller heiße Suppe mit Suppenfleisch ... Solcherlei Gedanken beklemmen mir das Herz, und ich fühle, daß ich unbedingt etwas in den Mund nehmen muß. Nun beginne ich meinen Goj auszufragen und möchte von ihm wissen, ob es noch weit bis zur nächsten Schenke ist. Antwortet er mir: »Ba-ni«, das heißt ›nein‹. Frage ich ihn: »Ist es nahe?« antwortet er »Ehé«, das heißt ›ja‹. Wie lange wir aber noch zu fahren haben, kann man von ihm unmöglich herausbekommen, und wenn man auch sein Leben läßt! Und ich stelle mir vor, was sich abgespielt hätte, wenn der Fuhrmann kein Goj, sondern ein Jude – es sei zwischen den beiden wohl unterschieden! – wäre: er hätte mir nicht nur ganz genau erklärt, wo die Schenke ist, sondern auch mitgeteilt, wer der Wirt ist und wie er heißt und wieviel Kinder er hat und welche Pachtsumme er zahlt und was ihm die Schenke einbringt und wie lange er sie schon hat und wer sie vor ihm gehabt hat – lange Geschichten hätte er mir erzählt. Es ist doch wirklich ein sonderbares Volk! Ich meine unsere Juden, gesund sollen sie sein. Sie haben ein ganz anderes Blut, so wahr ich lebe! ...

So träumte ich von einer warmen Wirtsstube, einem heißen Samowar und ähnlichen guten Dingen, bis Gott sich meiner erbarmte, mein Goj mit der Zunge schnalzte und das Pferd etwas seitwärts lenkte. Und es zeigte sich ein kleines, graues, schneeverwehtes Häuschen, das inmitten der Schneefelder so trostlos, elend und einsam dalag wie ein vergessener Grabstein ... Wir fuhren nobel vor, der Goj brachte das Pferd in den Stall, und ich begab mich in die Wirtsstube. Ich mache die Türe auf und bleibe starr an der Schwelle stehen. Was ist es für eine Geschichte? Es ist eine kurze, doch schöne Geschichte: mitten in der Wirtsstube liegt auf dem Boden eine Leiche, mit einem schwarzen Tuch zugedeckt, ihr zu Häupten stehen zwei Messingleuchter mit brennenden Kerzen, und abgerissene, verwahrloste kleine Kinder sitzen um sie herum und klagen, weinen und jammern: »Mutter! Mutter!« Und ein Kerl in einem zerrissenen Sommermantel, der durchaus nicht nach der Jahreszeit ist, geht mit langen Beinen auf und ab, ringt die Hände und redet zu sich selbst: »Was soll ich tun? Was soll ich anfangen? ...«

Natürlich verstand ich sofort, was es für eine Hochzeit war. Mein erster Gedanke war: Nojach, entflieh! Ich wollte auch wirklich fort, aber meine

Füße waren plötzlich wie gelähmt, und ich konnte mich nicht vom Fleck rühren. Als der lange Kerl mit den langen Beinen mich erblickte, stürzte er zu mir und streckte mir die Hände wie ein Ertrinkender entgegen:

»Was sagt Ihr zu meinem Unglück?« sagt er zu mir und zeigt auf die Gesellschaft, die am Boden sitzt und weint. »Die Mutter ist ihnen, nebbich, gestorben! Was soll ich tun? Was soll ich tun?«

»Gepriesen sei der Richter der Wahrheit!« sage ich ihm und will ihn trösten, wie es sich schickt, er unterbricht mich aber und sagt:

»Versteht Ihr mich, sie war schon seit Jahren so gut wie tot, denn sie hatte die gute Krankheit, die richtige Schwindsucht, und wünschte sich selbst den Tod. Was soll ich aber tun? Was soll ich tun? Ich müßte in das nächste Dorf gehen und eine Fuhre suchen, um die Leiche nach dem Städtchen zu bringen. Wie soll ich aber die Kinder allein zurücklassen? Es ist ja schon bald Nacht! Was soll ich tun? Was soll ich tun?«

Bei diesen Worten begann der Mann zu weinen; es war ein merkwürdiges Weinen, ganz ohne Tränen, und klang mehr wie ein Lachen. Der Mann kostete mich wirklich ein Stück Gesundheit! Wer denkt noch an Hunger? Wer an Kälte? Ich vergesse alles und sage ihm:

»Ich fahre aus Swohil nach Radomischl und

habe einen ausgezeichneten Schlitten. Wenn das Städtchen, von dem Ihr redet, nicht weit von hier ist, kann ich Euch meinen Schlitten geben und selbst hier warten, bis Ihr wieder zurückkommt.«

»Lange leben sollt Ihr für dieses gottgefällige Werk! Ihr erwerbt Euch damit die ewige Seligkeit, so wahr ich Jude bin!« sagt er zu mir und will mich umarmen. »Das Städtchen ist gar nicht weit von hier, höchstens vier oder fünf Werst. Es wird nicht mehr als eine Stunde dauern, und ich schicke Euch den Schlitten gleich wieder zurück. Ihr werdet Euch damit die ewige Seligkeit erwerben, so wahr ich Jude bin, die ewige Seligkeit! Kinder! Steht vom Boden auf und dankt diesem jungen Mann, küßt ihm Hände und Füße, weil er uns seinen Schlitten gibt, damit wir die Mutter an eine heilige Stätte bringen können! Die ewige Seligkeit verdient Ihr Euch damit, so wahr ich Jude bin, die ewige Seligkeit!«

Das Wort ›Freude‹ kann ich nicht gut gebrauchen: denn wie die Kinder hören, daß man ihre Mutter wegbringen will, fallen sie über die Leiche her und beginnen mit neuen Kräften zu weinen. Aber es machte auf sie doch einen großen Eindruck, daß sich ein Mensch gefunden hatte, der ihnen diese Gnade erweisen wollte. Gott selbst hat ihn wohl geschickt! Man sah mich wie einen Erlöser an, wie den Propheten Elias; ich muß euch die

Wahrheit sagen: auch ich selbst betrachtete mich in diesem Augenblick als einen nicht ganz gewöhnlichen Menschen, ich war in meinen eigenen Augen gewachsen und hielt mich für einen Helden. In diesem Augenblick war ich imstande, Berge zu versetzen, die ganze Welt auf den Kopf zu stellen, keine Sache schien mir zu schwer, und fast unwillkürlich kamen mir die Worte aus dem Mund:

»Wißt Ihr was? Ich will sie selbst mit meinem Schlitten hinbringen! So erspare ich Euch die Mühe, und Ihr braucht Eure Kinder nicht allein zu lassen.«

Je mehr ich redete, um so mehr weinte die Familie. Sie sahen mich wie einen Engel vom Himmel an, und ich wuchs auch in meinen eigenen Augen immer mehr, beinahe in den Himmel hinein. Ich hatte sogar ganz vergessen, wie sehr ich mich sonst fürchtete, eine Leiche anzurühren: mit meinen eigenen Händen half ich sie aus dem Hause hinauszutragen und in den Schlitten zu legen. Ich versprach meinem Goj noch einen halben Rubel in bar und noch einen Schluck Branntwein in Natur. Anfangs kratzte er sich hinterm Ohr und brummte etwas in den Bart; aber nach dem dritten Gläschen ließ er sich erweichen, und so machten wir uns zu dritt auf den Weg: das heißt ich, und der Goj, er sei von mir wohl unterschieden, und die tote Wirtsfrau Chawwe-Nechome. So hat sie geheißen: Chawwe-

Nechome, Tochter des Refoel-Michel. Den Namen weiß ich auch heute noch so genau, wie wenn die Geschichte sich erst gestern zugetragen hätte; während der ganzen Fahrt memorierte ich in einem fort den Namen, den mir ihr Mann gesagt hatte: um einen Menschen zu beerdigen, muß man doch seinen vollständigen Namen wissen.

So wiederholte ich während der ganzen Fahrt vor mich hin: Chawwe-Nechome, Tochter des Refoel-Michel! Chawwe-Nechome, Tochter des Refoel-Michel! Chawwe-Nechome, Tochter des Refoel-Michel! Dabei hatte ich den Namen des Mannes ganz vergessen. Er hatte mir aber auch seinen eigenen Namen angegeben und gesagt, ich solle mich im Städtchen nur auf ihn berufen: dann würde man mir die Leiche sofort abnehmen, so daß ich gleich weiterfahren könnte. In diesem Städtchen, sagte er, verbringt er jahraus, jahrein die hohen Feiertage und läßt den Leuten so viel Geld für ihre Schul und das Bad zurück, daß sie ihn alle gut kennen. Der Wirt sagte mir noch, wohin ich mich mit der Leiche wenden und was ich dort sagen sollte, aber das alles flog mir sofort aus dem Kopfe! Alle meine Gedanken drehten sich nur um den einen Punkt: ich führe eine Leiche mit mir, und das allein genügte schon, um alles andere zu verdrängen; ich wußte nicht einmal, wie ich selbst heiße, geschweige denn wie der Mann heißt. Schon als

Kind hatte ich eine unheimliche Angst vor Leichen. Und auch heute bleibe ich um nichts in der Welt mit einer Leiche allein, und wenn ihr mich auch mit Gold überschüttet. Es scheint mir immer, daß die halboffenen erstarrten Augen mich anglotzen, daß die geschlossenen Lippen sich gleich auftun müssen und eine schmerzliche Stimme erklingen wird, beim bloßen Gedanken an die man ohnmächtig werden kann! Nicht umsonst erzählt man sich bei uns so viele Geschichten von Toten: wie Menschen vor Schreck verrückt geworden sind und selbst den Geist aufgegeben haben ...

So fuhren wir also zu dritt mit der Leiche. Ich trat ihr eines meiner Kissen ab und legte sie quer zu meinen Füßen. Um die trüben Gedanken von mir fernzuhalten, blickte ich immer zum Himmel hinauf und wiederholte leise vor mich hin: »Chawwe-Nechome, Tochter des Refoel-Michel! Chawwe-Nechome, Tochter des Refoel-Michel!« Bis ich alle diese Namen durcheinander brachte und schließlich sagte: »Chawwe-Refoel, Tochter des Nechome-Michel« oder gar: »Refoel-Michel, Tochter des Chawwe-Nechome«. Und ich merkte gar nicht, daß es immer dunkler wurde, daß der Wind immer stärker blies und der Schnee so dicht fiel, bis man schließlich nichts vom Wege sah und wir ohne Weg und Steg, nur auf Gottes Barmherzigkeit bauend, durch die Welt fuhren. Mein Goj brummte, anfangs leise, dann immer lauter und lauter, und ich könnte schwören, daß er mich mit den wüstesten Flüchen bedachte: ... Frage ich ihn: »Goj, was hast du?« Spuckt er aus, tut den Mund auf und überschüttet mich mit Worten. Ich habe ihn, sagt er, und sein Pferd zugrunde gerichtet. Weil wir die Leiche auf dem Schlitten haben, ist das Pferd vom Wege abgekommen, und Gott allein weiß, wie lange wir noch herumirren werden: die Nacht bricht schon an, und wir sind verloren!

Diese Nachricht machte auf mich solchen Eindruck, daß ich im Begriff war, umzukehren, die Leiche wieder in die Schenke zu bringen und auf die ewige Seligkeit zu verzichten. Sagt mir aber der Goj, daß es nicht mehr geht: er weiß überhaupt nicht mehr, wo die Schenke liegt, denn wir drehen uns einfach im Kreise herum. Der Weg ist verschneit, der Himmel finster, die Nacht ist angebrochen, und das Pferd ist todmüde. Einen plötzlichen Tod wünscht er dem Wirt und auch allen anderen Wirten von der ganzen Welt. Er hätte es vorgezogen, sich ein Bein zu brechen, sagt er, als in diese Schenke einzukehren: Ach, wäre er doch lieber bei dem ersten Glase Branntwein erstickt und hätte nicht dieses Unglück auf sich geladen und für einen halben Rubel sein Leben und das Leben seines Pferdes verkauft. Um ihn selbst, sagt er, ist es weniger schade. Aber was kann das Pferd dafür? Was hat das Pferd verbrochen? Es ist ja nur ein unschuldiges Vieh, das nichts weiß ...

Ich könnte schwören, daß ihm Tränen in den Augen standen ... Um ihn zu trösten, verspreche ich ihm noch einen halben Rubel und noch zwei Schluck Branntwein. Gerät er aber in Zorn und sagt mir ganz offen, daß er mich, wenn ich nicht sofort schweige, mitsamt der Leiche aus dem Schlitten hinauswirft! Und ich denke mir: Was fange ich an, wenn er mich wirklich aus dem Schlitten hinauswirft? Was so einem Goj nicht alles einfallen kann, wenn er zornig wird! Ich muß also schweigen, ruhig in meinen Kissen sitzen und achtgeben, daß ich nicht einschlafe. Erstens, wie kann ich einschlafen, wenn mir eine Leiche vor den Füßen liegt? Und zweitens soll es schon vorgekommen sein, daß mancher, der bei starkem Frost im Freien einschlief, nie wieder erwachte. Doch wie zum Trotz fallen mir die Lider zu, ich könnte mein Leben hingeben, wenn ich nur eine Minute schlafen könnte! ...Und ich halte mir die Augen gewaltsam offen, aber die Lider gehorchen mir nicht und fallen immer wieder zu ... Und der Schlitten gleitet über den weißen, tiefen, weichen Schnee, und ein sonderbares Wonnegefühl zieht mir durch alle Glieder, und es ist mir so wohl ums Herz, und ich habe nur den einen Wunsch, daß dieser Zustand ewig dauern möchte ... Aber eine Stimme raunt mir immer zu:

›Schlafe nicht, Nojach, schlafe nicht!‹ Und ich reiße die Augen auf, und statt des Wonnegefühls fühle ich nur Kälte, und es ist mir so schwer zumute, und mich befällt eine Angst, vor der der Herr einen jeden behüten möchte! Es kommt mir vor, als ob die Leiche sich bewegte und mich mit den halbgeschlossenen Augen anglotzte, als wollte sie sagen: ›Was habe ich verbrochen, ich arme tote Frau, Mutter kleiner Kinder, daß du mich um ein jüdisches Grab bringst?‹ Und der Wind heult und pfeift mir in die Ohren und raunt mir ein furchtbares Geheimnis zu ... Schreckliche Gedanken, grauenhafte Bilder ziehen mir durch den Sinn, und ich stelle mir vor, daß wir alle im Schnee begraben sind, ich, und der Goj – er sei von mir wohl unterschieden – und sein Pferd und die Leiche ... Wir sind alle tot, und nur die Leiche allein, des Schenkwirts Frau ist merkwürdigerweise lebendig ...

Plötzlich höre ich, wie mein Fuhrmann mit der Zunge schnalzt, Gott dankt und erleichtert aufatmet. Mir ist es, wie wenn eine neue Seele in mich eingezogen wäre, und ich sehe in der Ferne ein Licht. Das Licht verschwindet und erscheint wieder. ›Eine Menschenwohnung!‹ denke ich mir und preise Gott aus vollem Herzen und sage zu meinem Goj: »Wir sind wohl schon«, sage ich, »auf dem richtigen Wege? Es scheint«, sage ich, »daß wir bald im Städtchen sind?« – »Ehé!« sagt er mir in seinem früheren Ton, ganz ohne Zorn, und ich möchte ihn von rückwärts umarmen und ihn in den Rücken küssen für die frohe Botschaft, für sein kurzes stilles ›Ehé‹, das mir in diesem Augenblick lieber ist als die schönste und klügste Predigt. »Wie heißt du?« frage ich ihn und wundere mich selbst, daß ich ihn nicht schon früher nach seinem Namen gefragt habe. »Mikita«, antwortet er kurz, wie es seine Gewohnheit ist. »Mikita?«, frage ich, und dieser Name kommt mir plötzlich so schön vor. »Ehé«, antwortet er mir. Ich habe so große Lust, noch einige Worte aus seinem Munde zu hören, denn Mikita ist mir plötzlich der liebste Mensch auf der Welt. Auch für sein Pferd empfinde ich Liebe. Also beginne ich mit ihm ein Gespräch über sein Pferd. Ich sage ihm, daß er ein gutes Pferd hat, ein ganz ausgezeichnetes Pferd. Antwortet er mir darauf: »Ehé!« – »Auch dein Schlitten ist gut, es ist ein ausgezeichneter Schlitten!« Antwortet er wieder: »Ehé!« Sonst kann ich aber von ihm kein Wort zu hören bekommen, und wenn ich ihn auch in Stücke schneide. »Magst du denn nicht reden, Mikita, mein Herz?« Antwortet er: »Ehé!« Und ich muß lachen, es ist mir so froh zumute, wie wenn ich die Festung Otschakow erstürmt oder einen Schatz gefunden oder eine Neuigkeit entdeckt hätte, von der kein Mensch etwas weiß! Mit einem Wort – ich war glücklich, überglücklich! Wißt ihr was? Ich wollte sogar meine Stimme erheben und singen, so wahr ich lebe! Diese Angewohnheit habe ich seit jeher: wenn es mir wohl zumute ist, singe ich. Mein Weib, leben soll sie, kennt diese Angewohnheit und fragt mich manchmal: »Was gibts schon wieder, Nojach? Wieviel hast du verdient, daß du so singst?« Die Weiber glauben nämlich mit ihrem Weiberverstand, daß es einem Menschen nur dann wohl zumute ist, wenn er etwas verdient hat; als ob ein Mensch sonst nicht guter Laune sein kann! Wie ist es nur zu erklären, daß unsere Weiber viel mehr aufs Geld versessen sind als wir Mannsbilder? Und wer plagt sich ab, um das Geld zu verdienen? Wir oder sie? Doch halt, ich glaube, ich schweife wieder von der Geschichte ab ...

Wir kamen also mit Gottes Hilfe in das Städtchen. Das Städtchen lag noch im tiefsten Schlaf, denn es war noch lange vor Tag. Man sah kein einziges Licht, und wir entdeckten mit großer Mühe ein Häuschen mit einem breiten Tor und einem Besen über dem Tor: das deutet auf ein Gasthaus hin. Wir machten Halt, stiegen vom Schlitten, klopften mit den Fäusten ans Tor und sahen endlich in einem der Fenster Licht. Dann hörten wir Schritte auf dem Hof und eine Stimme, die uns hinter dem Tore anrief: »Wer ist da?«

»Macht auf«, sage ich, »wenn Ihr aufmacht, erwerbt Ihr Euch die ewige Seligkeit!«

»Die ewige Seligkeit? Wer seid Ihr denn?« fragt die Stimme hinter dem Tore, und ich höre, wie das Schloß aufgesperrt wird.

»Macht auf«, sage ich, »ich habe eine Leiche bei mir.«

»Eine was?«

»Eine Leiche!«

»Was heißt eine Leiche?«

»Eine Leiche heißt ein toter Mensch. Eine tote Frau habe ich hergebracht, aus einer Schenke an der Landstraße.«

Hinter dem Tore wurde es still. Ich hörte nur, wie der Schlüssel wieder umgedreht wurde und die Schritte sich entfernten.

Bald darauf sah ich auch, wie das Licht im Fenster erlosch. Nun stehe da und schreie zu Gott! Ich ärgerte mich sehr und sagte zu meinem Goj, er solle mir helfen, mit den Fäusten ans Fenster zu klopfen. Und wir klopften so kräftig, daß schließlich wieder Licht gemacht wurde und hinter dem Tore dieselbe Stimme erklang:

»Was wollt Ihr von mir haben? Was ist das für eine Belästigung?«

»Um Gottes willen«, flehe ich, wie man einen Räuber um sein Leben anfleht: »Habt Erbarmen! Ich habe ja eine tote Frau bei mir!«

»Was für eine Frau?«

»Die Frau vom Schenkwirt.«

»Von was für einem Schenkwirt?«

»Ich habe vergessen, wie er heißt, aber sie heißt Chawwe-Michel, Tochter des Channe-Refoel, ich will sagen Channe-Refoel, Tochter des Chawwe-Michel, ich meine Channe-Chawwe ...«

»Macht, daß Ihr weiterkommt! Sonst gieße ich Euch einen Eimer Wasser auf den Kopf!«

So sagt zu mir der Wirt und geht wieder vom Tore weg und löscht das Licht aus. Was soll ich mit ihm anfangen? Erst nach eine Stunde, als es schon tagte, ging das Tor ein wenig auf, ein Kopf voller Bettfedern im schwarzen Haar und Bart zeigte sich in der Spalte und fragte:

»Seid Ihr es, der ans Fenster geklopft hat?«

»Ich. Wer denn sonst?«

»Was wolltet Ihr?«

»Ich habe eine Leiche hergebracht.«

»Eine Leiche? Die müßt Ihr zum Schammes der Chewre-Kadische bringen.«

»Wo wohnt denn Euer Schammes? Und wie heißt er?«

»Jechïel heiß er, der Schammes, und wohnen tut er in der Nähe des Bades.«

»Und wo ist hier das Bad?«

»Ihr wißt nicht, wo das Bad ist? Seid Ihr nicht von hier? Woher seid Ihr, junger Mann?«

»Woher ich bin? Aus Radomischl bin ich, aber ich fahre aus Swohil, und die Leiche ist aus einer

Schenke an der Landstraße. Es ist des Schenkwirts Weib, an der Schwindsucht ist sie gestorben.«

»Nicht auf Euch gedacht! Was geht die Leiche Euch an?«

»Mich? Mich geht sie gar nichts an. Ich fuhr an der Schenke vorbei, und der Schenkwirt bat mich darum. Er wohnt im freien Felde mit kleinen Kindern, kann die Leiche nirgends unterbringen und bittet mich um die Gefälligkeit. Er sagt, daß ich mir damit die ewige Seligkeit erwerbe. Warum sollte ich ihm den Gefallen nicht tun?«

»Die Geschichte ist wohl doch nicht so einfach«, sagte er zu mir. »Ihr werdet mit dem Gabbojim reden müssen.«

»Und wer sind hier die Gabbojim? Wo wohnen sie?«

»Was, die Gabbojim kennt Ihr auch nicht? Der Gabbe Reb Schepsel wohnt hinter dem Markt, Reb Elieser-Moische mitten auf dem Markt, und Reb Jossi neben dem alten Beiß-Hammedrisch. Vor allen Dingen müßt Ihr mit Reb Schepsel reden, er ist hier der Hauptmacher. Ein harter Mensch ist er, das muß ich Euch gleich sagen, so leicht werdet Ihr bei ihm nichts durchsetzen.«

»Danke schön«, sage ich, »ich wünsche Euch, daß es Euch einmal beschert sein soll, einem Menschen angenehmere Dinge mitzuteilen! Wann kann ich die Gabbojim sehen?«

»Was heißt wann? So Gott will, gleich am Morgen nach dem Beten.«

»Masel-tow! Was soll ich aber inzwischen tun? Laßt mich doch wenigstens ein, damit ich mich wärmen kann. Oder bin ich nach Sodom geraten?«

Als der Wirt diese Worte hörte, machte er das Tor hübsch wieder zu, drehte den Schlüssel um, und es wurde wieder still wie auf einem Friedhofe. Was sollte ich tun? Wir stehen mit dem Schlitten mitten auf der Gasse, Mikita schimpft, brummt, kratzt sich hinter dem Ohr, spuckt und flucht: Ein plötzlicher Tod, sagt er, möge den Gastwirt befallen und alle Gastwirte von der ganzen Welt. Ihn selbst, sagt er, mag der Teufel holen! Aber sein Pferd tut ihm leid. Was hat, sagt er, sein Pferd verbrochen, daß es erfrieren und verhungern muß? Ein unschuldiges, stummes Tier, sagt er, das nichts begreift ...

Ich mußte mich vor dem Goj furchtbar schämen, und ich dachte mir: ›Was mag so ein Goj von uns Juden denken? Wie stehen wir, die wir uns Barmherzige, Söhne von Barmherzigen nennen, vor den Gojim da, von denen wir sagen, daß sie rohe Kerle sind? Wenn ein Jude seine Türe vor dem andern Juden verschließt und ihm nicht erlaubt, sich in der Stube zu wärmen, so verdienen wir doch wirklich alles, was man uns antut, und noch dreimal soviel! ...‹ So rechtfertige ich alle Plagen, die wir von den andern zu erdulden haben, und beschuldige das ganze Volk, wie es der Jude immer tut, wenn ihm ein anderer Jude eine Gefälligkeit versagt. Kein anderes Volk verleumdet uns so, wie wir uns selbst verleumden. Tausendmal am Tage könnt ihr von jedem beliebigen Juden solche Worte hören: ›Mit einem Juden ist nicht zu spaßen!‹ – ›Mit dem Juden soll man nichts zu tun haben!« – ›Mit einem Juden ist nur gut, Kugel zu essen!‹ – »Das kann sich nur ein Jude erlauben!‹ Und noch viele andere ähnliche Urteile und Komplimente kann man täglich zu hören bekommen. Ich möchte gern wissen, ob auch die andern Völker so sind: ob auch ein Goj, wenn ihm ein anderer Goj nicht helfen will, auf das ganze Volk zu schimpfen beginnt und sagt, es sei nicht wert, daß die Erde es trage? Aber halt! Ich schweife wieder zu weit ab ...

Stehen wir also mit dem Schlitten mitten auf dem Markte und warten, daß die Stadt irgendein Lebenszeichen von sich gibt. Und wir erlebten es auch wirklich: irgendwo knarrte eine Türe, klirrte ein Eimer, aus zwei oder drei Schornsteinen stieg Rauch auf, und die Hähne krähten immer lauter und lebhafter. Die Türen gingen eine nach der andern auf, und auf der Straße zeigten sich allerlei Geschöpfe und Gestalten: – Kühe, Kälber, Ziegen und – sie seien von ihnen wohl unterschieden! –

Männer, Weiber und Mädchen in warmen Tüchern; mit einem Worte, das Städtchen war erwacht wie ein lebendiger Mensch. Es wusch sich die Hände, kleidete sich an und ging an die Arbeit: die Männer gingen an den Dienst des Herrn – beten, lernen, Psalmen lesen; und die Weiber an die Öfen und Herde, an die Kälber und Ziegen.

Nun begann ich mich nach den Gabbojim zu erkundigen: wo wohnt Reb Schepsel, wo Reb Elieser-Moische, wo Reb Jossi? Beginnen mich die Leute ihrerseits auszufragen, welchen Schepsel, welchen Elieser-Moische und welchen Jossi ich meine? Es gibt, sagen sie, hier im Städtchen mehrere Schepsels, mehrere Elieser-Moisches und mehrere Jossis. Und als ich ihnen sagte, daß ich die Gabbojim von der Chewre-Kadische suche, erschraken sie und fragten mich, wozu ich wohl zu einer so frühen Stunde die Gabbojim von der Chewre-Kadische brauche. Ich ließ sie nicht lange fragen, sondern enthüllte ihnen mein Herz und erzählte ihnen die Geschichte von der Last, die ich auf mich genommen hatte. Ihr hättet sehen sollen, welchen Eindruck es auf die Leute machte! Meint Ihr vielleicht, daß sie sich beeilten, mich von meiner Last zu befreien? Gott behüte! Jeder einzelne ging zum Schlitten, um sich zu vergewissern, ob ich die Wahrheit gesprochen habe und ob darin tatsächlich eine Leiche liege. So standen wir von einem

Rudel Menschen umgeben, die sich in einem fort ablösten: da es kalt war, gingen die einen schnell nach Hause, und an ihre Stelle kamen andere. Sie schauten alle in den Schlitten hinein, schüttelten die Köpfe, zuckten die Achseln, erkundigten sich nach der Leiche, woher sie stamme, und wer ich sei, und wie ich zu der Leiche komme. Aber niemand dachte daran, mir irgendwie behilflich zu sein. Mit großer Mühe erreichte ich es schließlich, daß man mir die Wohnung Reb Schepsels zeigte.

Ich traf Reb Schepsel, den Gabbe, mit Talles und Tfillin angetan, mit dem Gesicht zur Wand stehen: er betete mit solcher Inbrunst und solcher Andacht, daß selbst die Wände mitzusingen schienen. Er brach sich die Finger, schrie und schnitt merkwürdige Grimassen. Ich hatte große Freude an diesem Anblick: erstens höre ich immer gerne zu, wenn einer mit solcher Inbrunst betet; und zweitens konnte ich mir inzwischen meine erfrorenen Glieder etwas erwärmen.

Als Reb Schepsel mir schließlich sein Gesicht zukehrte, standen ihm noch die Tränen der Rührung in den Augen, und er kam mir wie ein göttlicher Mann, wie ein Heiliger vor, dessen Seele von allem Irdischen ebenso weit entfernt ist wie sein fetter Leib vom Himmlischen. Da er mit seinem Morgengebet noch nicht zu Ende war und es durch profane Worte nicht unterbrechen wollte, begann er mit mir in der ›heiligen Sprache‹ zu reden, das heißt, in einer Sprache, die aus Handbewegungen, Augenzwinkern, Achselzucken, Kopfschütteln und einigen hebräischen Brocken bestand. Wenn ihr wollt, kann ich euch dieses Gespräch wörtlich wiedergeben; ich redete jiddisch und er, wie gesagt, hebräisch. »Friede sei mit Euch, Reb Schepsel.«

»Auch mit Euch sei Friede. Setzt Euch ...«

»Danke, ich habe schon genug gesessen.«

»Nun? Was?«

»Ich möchte Euch um etwas bitten, Reb Schepsel. Ihr könnt Euch damit die ewige Seligkeit erwerben.«

»Die ewige Seligkeit? Gut ... Nun? Wie?«

»Ich hab Euch eine Leiche gebracht.«

»Leiche? Wer ist die Leiche?«

»Hier in der Nähe gibt es an der Landstraße eine Schenke, und der Schenkwirt ist ein armer Mann. Seine Frau ist, nicht auf Euch gedacht, an der Schwindsucht gestorben und hat kleine Kinder hinterlassen. Wenn ich mich seiner nicht angenommen hätte, so weiß ich gar nicht, was der Schenkwirt mitten im Felde mit der Leiche angefangen hätte ...«

»Gepriesen sei der Richter der Wahrheit ... Nun? Geld? Chewre-Kadische?«

»Was für Geld? Wer hat Geld? Der Schenkwirt ist ein armer Mann, nur mit Kindern gesegnet! Ihr werdet Euch die ewige Seligkeit erwerben, Reb Schepsel!«

»Die ewige Seligkeit? Gut, sehr gut! Aber wie? Spital? Juden! Auch sie sind Bettler! Alle!«

Da ich unmöglich verstehen konnte, was er damit sagen wollte, wandte er sich wieder mit dem Gesicht zur Wand und betete weiter, aber nicht mehr mit der gleichen Andacht wie früher. Seine Stimme klang um einige Töne tiefer, und er wiegte sich dabei auch viel schneller als früher. Er eilte wie mit einem Schnellzug. Er betete schnell zu Ende, nahm Talles und Tfillin ab und fiel über mich mit großem Zorn her, als ob ich ihm ein Geschäft verdorben oder den Kaftan zerrissen hätte.

»Unerhört!« sagte er mir: »Das Städtchen ist arm, es hat für seine eigenen Bettler zu sorgen und muß ihnen, wenn sie sterben, auch noch die Sterbegewänder liefern. Und da bringt man uns Leichen von auswärts her! Alle Leichen von der ganzen Welt bringt man uns her! ...« Sage ich ihm darauf, daß ich an der Sache unschuldig sei, daß ich das gottgefällige Werk auf mich freiwillig genommen hätte; solle er sich denken, daß man draußen im Felde eine Leiche gefunden hätte, der man zu einem jüdischen Grabe verhelfen müsse.

»Ihr seid doch«, sage ich ihm, »ein anständiger Mensch und ein frommer Jude, und Ihr könnt Euch damit die ewige Seligkeit erwerben!« Fiel er noch mehr über mich her. Ich kann fast sagen, daß er mich hinauswarf; er warf mich eigentlich nicht hinaus, aber er setzte mir mit seinen Worten so zu, daß ich von selbst ging.

»So? Ihr seid ein junger Mann, der die ewige Seligkeit zu vergeben hat? Geht also einmal durch unser Städtchen und schaut, daß die Leute nicht vor Hunger und Kälte sterben. Damit könnt Ihr Euch wahrlich die ewige Seligkeit erwerben! Ein junger Mann, der mit der ewigen Seligkeit handelt! Geht mit Eurer Ware zu den Gottlosen, die können sie brauchen. Wir haben unsere eigenen frommen Verdienste und gottgefälligen Werke, und wenn es einen von uns nach der ewigen Seligkeit gelüstet, so findet er auch ohne Euch Rat!«

So spricht zu mir der Gabbe Reb Schepsel und begleitet mich hinaus und schlägt die Türe hinter mir zu. Ich schwöre euch – wir sehen uns ja zum ersten und vielleicht auch zum letzten Mal –, von jenem Morgen an bekam ich einen besonderen Haß gegen alle frommen altfränkischen Juden, die mit Andacht und Inbrunst beten; einen Haß gegen die Juden, die Gott dienen und vorgeben, alles in Gottes Namen zu tun. Werdet ihr mir vielleicht darauf einwenden, daß es bei den Modernen und Aufgeklärten noch weniger Wahrheit und Recht gibt als bei den Frommen? Es ist möglich, daß ihr recht habt, aber über die andern ärgert man sich weniger, denn sie reden wenigstens nicht von Gott! Werdet ihr wohl fragen, warum die Aufgeklärten so viel von Wahrheit und Recht reden, wenn es aber zum Handeln kommt, nicht besser als die anderen sind? Aber halt! ich schweife schon wieder von meiner Geschichte ab …

So hatte mich der Gabbe Reb Schepsel, mit Verlaub zu sagen, hinausgeworfen. Was sollte ich tun? Nun hieß es, die andern Gabbojim aufsuchen. Es geschah mir aber ein Wunder, ein göttliches Wunder: ich ersparte den Weg zu den Gabbojim, denn die Gabbojim kamen mir selbst entgegen. Ich stieß mit ihnen gleich vor der Türe des Reb Schepsel zusammen.

»Seid Ihr vielleicht der junge Mann mit der Ziege?«

»Mit was für einer Ziege?«

»Seid Ihr der junge Mann, der die Leiche hergebracht hat?«

»Ja, das bin ich … Was ist?«

»Kommt zurück zu Reb Schepsel, und wir wollen über die Sache reden.«

»Reden?« sage ich. »Was soll man da lange reden? Nehmt mir die Leiche ab, laßt mich weiterfahren und erwerbt Euch damit die ewige Seligkeit.«

»Hält Euch denn jemand zurück?« sagten sie zu mir. »Fahrt mit Eurer Leiche, wohin Ihr wollt, selbst nach Radomischl. Wir werden Euch dafür sogar dankbar sein.«

»Und ich danke Euch für den guten Rat«, sage ich.

»Keine Ursache«, sagen sie zu mir, und wir gehen alle drei zu Reb Schepsel zurück. Die drei Gabbojim beginnen zu reden, zu streiten und zu schimpfen. Die beiden, mit denen ich gekommen bin, sagen zu Reb Schepsel, daß er ein harter Mann ist, der sich niemals erweichen läßt. Und er verteidigt sich mit Texten wie zum Beispiel: »Die Armen deiner eigenen Stadt gehen vor.« Fallen die andern beiden über ihn her:

»Und wenn schon? Wollt Ihr vielleicht, daß der junge Mann mit der Leiche wieder zurückfährt?«

»Gott behüte!« sage ich. »Was heißt, ich soll mit der Leiche wieder zurückfahren? Ich bin schon jetzt halb tot und habe beinahe mein Leben draußen auf dem Feld gelassen. Der Goj, lange leben soll er, wollte mich aus dem Schlitten werfen. Ich bitte Euch, habt Erbarmen, befreit mich von der Leiche, Ihr werdet Euch damit die ewige Seligkeit erwerben.«

»Die ewige Seligkeit ist doch sicher ein guter Bissen«, antwortet mir einer von den beiden, ein langer, hagerer Mann mit langen knochigen Fingern, den man Elieser-Moische nennt. »Wir wollen Euch die Leiche abnehmen und mit ihr tun, was Recht ist. Aber einige Rubel wird Euch die Sache doch kosten müssen.«

»Was heißt das?« sage ich. »Es ist wohl nicht genug, daß ich das gottgefällige Werk auf mich genommen habe, daß ich im Felde beinahe umgekommen bin und daß der Goj, lange leben soll er, mich aus dem Schlitten hinauswerfen wollte, – und Ihr redet gar von Geld?«

»Dafür erwerbt Ihr Euch aber die ewige Seligkeit!« sagte zu mir Reb Schepsel mit einem so gemeinen Lächeln, daß ich ordentlich Lust habe, über ihn herzufallen; ich beherrsche mich aber, denn ich bin ja in ihrer Gewalt!

»Laßt Euch noch folgendes sagen«, sagt mir der dritte Gabbe, den man Reb Jossi nennt, ein kleines Männchen mit einem zur Hälfte ausgerupften Bärtchen: »Ihr müßt bedenken, junger Mann, daß Ihr noch eine andere unangenehme Sache auf Euch habt: Ihr habt ja keine Papiere!«

»Was für Papiere?« frage ich ihn.

»Woher sollen wir wissen, wer die Leiche ist? Vielleicht verhält sich die Sache gar nicht so, wie Ihr erzählt?« sagt zu mir der Lange mit den spitzen Fingern, das heißt Elieser-Moische.

Ich stehe da und schaue sie abwechselnd an. Der Lange mit den spitzen Fingern, den man Reb Elieser-Moische nennt, schüttelt den Kopf, zeigt auf mich mit seinem dürren Finger und sagt:

»Ja, ja, es ist wohl möglich, daß Ihr irgendeine Frau, vielleicht sogar Euer eigenes Weib ermordet habt, die Leiche zu uns bringt und uns eine lange Geschichte von einer Schenke erzählt, von der Frau des Schenkwirts, von Schwindsucht, kleinen Kindern und von ewiger Seligkeit ...«

Als ich diese Worte hörte, wurde ich wohl totenblaß, denn der Kleine, den man Reb Jossi nannte, versuchte mich zu trösten. Er sagte mir, daß sie selbst gegen die Sache nichts einzuwenden haben; sie haben gar keinen Verdacht gegen mich und wissen ganz gut, daß ich kein Räuber und kein Mörder bin. Ich bin aber doch nur ein Fremder, sagt er, und eine Leiche ist doch etwas anderes als ein Sack Kartoffeln. Es handelt sich ja, sagt er, um einen toten Menschen ... Dazu haben sie im Städtchen einen Kronrabbiner und einen Urjadnik – sie seien voneinander wohl unterschieden –, und man muß ein Protokoll aufnehmen ...

»Ja, ja, ein Protokoll! Ein Protokoll!« fällt ihm der Lange, den man Elieser-Moische nennt, ins Wort, zeigt auf mich mit dem Finger und schaut mich mit solchen Augen an, als ob ich wirklich eine Mordtat auf dem Gewissen hätte ... Ich finde keine Worte mehr. Ich fühle nur, wie mir kalter Schweiß in die Stirne tritt, ich könnte, nicht auf euch gedacht, in Ohnmacht fallen. Ich sehe meine verzweifelte Lage wohl ein und begreife, wie furchtbar ich reingefallen bin, und fühle zugleich Scham und Furcht. Nun sage ich mir: was soll ich noch lange Geschichten machen? Also hole ich meinen Geldbeutel aus der Tasche und sage zu den drei Gabbojim von der Chewre-Kadische:

»Hört mich an, die Sache ist die: ich sehe schon, daß ich ordentlich hereingefallen bin. Das war sicher ein Werk des Teufels, daß ich in die Schenke einkehrte gerade an dem Tage, wo es der Frau des Schenkwirts einfiel, den Geist aufzugeben, und daß ich ausgerechnet auf einen armen Schenkwirt gestoßen bin, der mit Kindern gesegnet ist und mir zuredet, daß ich mir die ewige Seligkeit erwerbe. Nun muß ich dafür Lehrgeld zahlen. Da habt ihr meinen Geldbeutel, es sind wohl an die siebzig Rubel darin; nehmt euch das Geld und tut damit, was ihr wollt; laßt mir nur so viel übrig, daß ich bis Radomischl kommen kann. Nehmt mir nur die Leiche ab und laßt mich lebend von dannen ziehen.«

In meinen Worten lag wohl eine große Kraft, denn alle drei Gabbojim wechselten die Blicke, rührten meinen Geldbeutel gar nicht an und sagten mir, daß ich, Gott sei Dank, nicht nach Sodom gekommen bin; das Städtchen, sagen sie, ist allerdings ein armes Städtchen, und es gibt hier mehr Bettler als Reiche, sie haben aber doch nicht die Manier, einen fremden Menschen zu überfallen und auszurauben. Wenn ich ihnen etwas geben will, so ist es gut: umsonst könnten sie die Leiche nicht beerdigen, denn das Städtchen ist, wie gesagt, arm; und man braucht Geld für den Schammes, für die Sargträger, für die Sterbegewänder, für den Platz auf dem Friedhofe und für sonstige Auslagen; ich brauche dabei ja gar nicht mit dem Gelde um mich zu werfen, denn das hätte ja schon gar keine Grenzen!

Mein Gott, was soll ich euch noch viel erzählen? Wenn der Schenkwirt auch fünfmalhunderttausend Rubel hätte, könnte seine Frau kein schöneres Begräbnis haben, als sie es hatte! Das ganze Städtchen war zusammengelaufen, um den jungen Mann anzuschauen, der die Leiche gebracht hatte. Einer erzählte es dem andern, daß der junge Mann seine reiche Schwiegermutter beerdige; wo sie es herhatten, daß es meine Schwiegermutter sei, weiß ich wirklich nicht! Also kamen alle, den jungen Mann zu begrüßen, der seine reiche Schwiegermutter beerdigt und mit Geld um sich wirft ... Man zeigte auf mich mit den Fingern. Und erst die Bettler – wie der Sand am Meere! Seit ich lebe und seit ich auf meinen Füßen stehe, habe ich noch nie so viel Bettler gesehen! Die Bettler, die sich am Vorabend von Jom-Kippur vor der Schul versammeln, sind nichts dagegen! Man zupfte mich an den Rockschößen, man zerriß mich förmlich in Stücke. Das ist doch wirklich keine Kleinigkeit: ein junger Mann, der so mit Geld um sich wirft!

Zum Glück nahmen sich die Gabbojim meiner an und verhinderten es, daß ich mein ganzes Geld weggab. Der Lange mit den spitzen Fingern, den man Elieser-Moische nannte, wich für keinen Augenblick von meiner Seite und redete mir immer zu: »Junger Mann, werft nicht so mit Geld herum! Das hat ja schon gar keine Grenzen ...« Doch je mehr er redete, um so mehr umdrängten mich die Bettler. Sie rissen mir Stücke Fleisch vom Leibe. »Es wird ihm nicht schaden!« schrien sie: »Wenn er die reiche Schwiegermutter beerdigt, so kann er es sich auch ein paar Rubel kosten lassen. Von der Schwiegermutter hat er doch genug geerbt!«

»Junger Mann!« schreit einer der Bettler und zieht mich am Rockschoß: »Junger Mann! Gebt uns beiden einen halben Rubel! Oder wenigstens zwanzig Kopeken! Wir sind zwei geborene Krüppel, der eine blind, der andere krumm, gebt uns wenigstens einen Gilden, einen Gilden für zwei Krüppel! Zwei Krüppel sind doch immerhin einen Gilden wert! ...«

»Was hört Ihr zu, was er Euch von Krüppeln erzählt?« schreit ein anderer Bettler und stößt den ersten mit dem Fuß weg. »Nennt sich so etwas auch Krüppel? Ein Krüppel ist mein Weib, sie hat weder Arme noch Beine, weder Leib noch Leben, dafür aber kleine kranke Kinder auf dem Halse. Junger Mann, gebt mir wenigstens ein Fünfkopekenstück, ich werde für Eure Schwiegermutter Kaddisch sprechen, damit sie ein lichtes Paradies hat!«

Jetzt lache ich, damals war es mir aber gar nicht zum Lachen. Denn die Menge der Bettler schwoll an wie auf Hefe: in einer halben Stunde überschwemmten sie schon den ganzen Markt, so daß es unmöglich war, mit der Bahre vorwärts zu kommen. Die Angestellten der Chewre-Kadische mußten schließlich die Leute mit Stöcken auseinandertreiben; daraus entstand eine Schlägerei, nun kamen auch Gojim mit ihren Weibern, Söhnen und Töchtern, und zuletzt erschien auch die hohe Obrigkeit, der Herr Urjadnik, hoch zu Roß, mit einer Peitsche in der Hand, und jagte mit einem einzigen Blick und einigen ordentlichen Peitschenschlägen die ganze Gesellschaft auseinander.

Dann stieg er vom Pferd, ging zur Bahre und forderte Rechenschaft, was hier geschieht und wer gestorben ist und woran er gestorben ist und warum die Leute den Markt überschwemmen. Es beliebte ihm, sich zuerst an mich zu wenden und mich zu fragen, wer ich bin, woher ich komme und wohin ich fahre. Vor Schreck verlor ich die Sprache. Ich weiß gar nicht, woher das kommt: wenn ich einen Urjadnik sehe, zittern mir gleich die Arme und Beine, obwohl ich in meinem Leben noch keiner Fliege etwas zuleide getan habe und obwohl ich weiß, daß der Urjadnik nur ein Geschöpf von Fleisch und Blut wie alle anderen Menschen ist. Und obwohl ich Juden kenne, die mit einem Urjadnik wie gute Freunde leben, sich gegenseitig besuchen, ihn an Feiertagen mit Fisch traktieren und sich von ihm Eier schenken lassen und gar nicht aufhören, den Urjadnik zu loben. Wenn ich aber einen Urjadnik sehe, mache ich mich auf die Beine. Ich habe wohl diese Angst von meinen Vorfahren geerbt. Denn ihr müßt wissen, daß ich von den ›Geschlagenen‹ abstamme, von den Slawutern aus Wassiltschikows Zeiten; davon könnte ich euch erstaunliche Geschichten erzählen, aber ich fürchte, daß ich wieder von meiner Geschichte abschweife ...

Nun nahm mich der Herr Urjadnik ins Gebet: wer ich bin und was ich bin und woher ich komme und wohin ich fahre. Soll ich ihm eine lange Geschichte erzählen, daß ich in Swohil bei meinen Schwiegereltern lebe und nach Radomischl fahre, um mir einen Paß zu verschaffen? Gott gebe den Gabbojim langes Leben; sie halfen mir aus der Klemme – einer von ihnen, der Kleine mit dem ausgerupften Bärtchen, nahm den Herrn Urjadnik auf die Seite und begann mit ihm zu tuscheln; der Lange mit den spitzen Fingern belehrte mich inzwischen, was ich dem Urjadnik antworten sollte:

»Ihr sollt ihm sagen, daß Ihr ein Hiesiger seid, aber außerhalb der Stadt wohnt; daß Eure Schwiegermutter verschieden ist und Ihr hergekommen seid, um sie zu bestatten. Und wenn Ihr ihm ein Geschenk in die Hand drückt, sollt Ihr ihm den ersten besten Namen aus der Haggode angeben. Euren Goj werden wir aber inzwischen ins Haus laden und mit Branntwein traktieren, damit er nicht draußen vor den Augen des Urjadniks herumsteht. Und so wird alles gut werden!«

Der Herr Urjadnik nahm mich in die Stube und begann ein Protokoll aufzusetzen. Ich wünsche mir und euch so viel Böses, wie ich weiß, was ich da alles zusammengeredet habe. Ich weiß nur, daß ich redete, was mir in den Sinn kam. Und er schrieb alles auf.

»Wie heißt du?«

»Moische.«

»Wie heißt dein Vater?«

»Itzke.«

»Wie alt bist du?«

»Neunzehn.«

»Verheiratet?«

»Verheiratet.«

»Hast du Kinder?«

»Ja.«

»Beruf?«

»Kaufmann.«

»Wer ist die Leiche?«

»Meine Schwiegermutter.«

»Wie hat sie geheißen?«

»Jente.«

»Und ihr Vater?«

»Gerschoin.«

»Wie alt war sie?«

»Vierzig.«

»Wie ist sie gestorben?«

»Vor Schreck.«

»Vor Schreck?«

»Vor Schreck.«

»Was heißt vor Schreck?« fragt er mich, legt die Feder weg, steckt sich eine Zigarette an und betrachtet mich vom Kopf bis zu den Füßen. Ich fühle, daß mir die Zunge am Gaumen klebt. Nun sage ich mir: wenn ich schon einmal angefangen habe, Lügen zu backen, backe ich eben weiter. Und ich erzähle ihm eine lange Geschichte, wie meine Schwiegermutter ganz allein im Zimmer saß und einen Strumpf strickte und ganz vergessen hatte, daß sich in der Stube ihr Junge, namens Efrojim, befand. Der Junge war schon dreizehn Jahre alt, aber ein selten dummes Kind. Der Junge hatte hinter dem Rücken der Mutter seine Hände auf eine besondere Art zusammengelegt und einen Schatten an die Wand geworfen, der wie eine Ziege aussah; dabei hatte er den Mund aufgetan und ›Mäh!‹ ge-

schrien. Da ist die Schwiegermutter vor Schreck vom Stuhle gefallen und gestorben.

So erzähle ich ihm eine lange Lügengeschichte, und er wendet keinen Blick von mir. Wie ich mit der Geschichte fertig bin, spuckt er aus, streicht seinen roten Schnurrbart, geht mit mir zu der Bahre, hebt die schwarze Decke auf, blickt der Leiche ins Gesicht und schüttelt den Kopf, als wollte er sagen, daß die Geschichte ihm etwas verdächtig vorkomme. Ich schaue ihn an, und er schaut mich an, und dann sagt er zu den Gabbojim:

»Nun, die Leiche dürft ihr behalten, aber den jungen Mann muß ich festnehmen, bis ich die ganze Sache untersucht und festgestellt habe, daß es seine Schwiegermutter ist und daß sie wirklich vor Schreck gestorben ist.«

Ihr könnt euch wohl ausmalen, wie finster und bitter es mir da zumute wurde. Ich wandte mich von ihm ab und begann wie ein kleines Kind zu weinen.

»Junger Mann! Was weint Ihr?« sagt zu mir der Kleine, den man Reb Jossi nennt. Und er tröstet mich und sagt, daß mir nichts geschehen wird, da ich doch wirklich unschuldig bin. Was habe ich zu fürchten? »Wer keinen Knoblauch ißt, der riecht auch nicht aus dem Mund«, fügt Reb Schepsel, der Gabbe, mit einem so gemeinen Lächeln hinzu, daß ich große Lust habe, ihm zwei Ohrfeigen auf seine dicken Backen zu geben ... Gott! Was nützte mir die ganze Lügengeschichte? Was brauchte ich meine Schwiegermutter hineinzumischen? Mehr fehlt mir ja nichts, als daß sie erfährt, wie ich sie vor Schreck sterben ließ! ...

»Fürchtet Euch nicht, Gott sei mit Euch! Der Herr Urjadnik ist gar kein so schlechter Mensch, wie Ihr glaubt! Drückt ihm etwas in die Hand und sagt ihm, daß er das Protokoll vernichten soll. Er ist ein kluger Mann, ein durchtriebener Mann und weiß ganz gut, daß alles, was Ihr ihm erzählt habt, Trug und Lüge ist.«

So sprach zu mir Reb Elieser-Moische und fuchtelte mir dabei mit seinen spitzen Fingern vor der Nase herum. Wenn ich es könnte, hätte ich ihn entzweigerissen, wie man einen Hering entzweireißt. Er war es ja, der mich aufs Glatteis geführt hatte, ausgelöscht sei sein Name und sein Gedächtnis! ...

Ich habe nicht mehr viel zu erzählen. Ich kann mich gar nicht erinnern, was dann noch alles kam. Ihr könnt euch das selbst ausmalen. Man nahm mir das letzte Geld ab, sperrte mich ein und stellte mich vors Gericht. Aber das alles ist nichts gegen den Krach, den ich später erlebte, als meine Schwiegereltern erfuhren, daß ihr Schwiegersohn wegen einer Leiche eingesperrt ist, die er irgendwo unterwegs aufgegabelt hat ... Es versteht sich von selbst, daß sie angefahren kamen und sich als meine Schwiegereltern vorstellten. Da ging erst der richtige Tanz los: denn erstens nahm mich die Polizei ins Gebet: »Bursche, wenn deine Schwiegermutter Jente, Gerschoins Tochter, lebt, wer ist dann die Leiche? ...« Das war Nummer eins. Und zweitens nahm mich die Schwiegermutter selbst, leben soll sie, in Behandlung: »Sage mir das eine: wie konntest du nur mich bei lebendigem Leibe begraben?!« Selbstverständlich zeigte es sich bei der Gerichtsverhandlung, daß ich so rein bin wie das reinste Gold; man sparte nicht mit Geld, man schaffte den Schenkwirt mit seinen Kindern als Zeugen herbei, und schließlich wurde ich herausgelassen. Was ich aber wegen der Sache ausgestanden habe, besonders von meiner Schwiegermutter, das wünsche ich auch meinem ärgsten Feind nicht! ...

Seit jener Zeit fliehe ich die ewige Seligkeit!

Die verschwundenen Rubel

»Halt!« meldete sich ein Mann mit runden Ochsenaugen, der die ganze Zeit in der Ecke am Fenster gesessen und rauchend den Gesprächen über Diebstähle, Raubanfälle und ähnliche Verbrechen zugehört hatte. »Nun will ich euch eine schöne Geschichte von einem Diebstahl erzählen, der bei uns passiert ist, und ausgerechnet im Beiß-Hammedrisch und dazu noch an einem Jom-Kippur! Ihr könnt zuhören.

Unser Städtchen Kaßrilowka – ich bin nämlich ein Kaßrilowker – ist ein armes, kleines Städtchen, und es gibt bei uns keine Diebe. Man stiehlt bei uns nicht, denn man hat nicht, bei wem zu stehlen und was zu stehlen.

Und schließlich und endlich ist doch der Jude kein Dieb. Das heißt, der Jude ist im Grunde genommen doch ein Dieb, aber keiner, der durchs Fenster in eine Wohnung steigt oder einen Menschen mit dem Messer überfällt. Drehen, hineindrehen, verdrehen und einem den Kopf abdrehen, das kann der Jude; aber die Hand in eine fremde Tasche stecken, so daß man ihn erwischt und einsperrt, – das paßt wohl für einen Verbrecher, aber für keinen Juden ... Nun stellt euch vor: bei uns in Kaßrilowka gab es einmal doch einen Diebstahl, und was für einen Diebstahl! Achtzehnhundert Rubel auf einen Schlag!

Eines Tages kommt zu uns in die Stadt ein Fremder, irgendein Bauunternehmer aus Litauen. Er kommt gerade am Vorabend von Jom-Kippur um die Stunde des Nachmittagsgebets. Er steigt natürlich im Gasthause ab, läßt dort sein Gepäck zurück und begibt sich direkt ins alte Beiß-Hammedrisch. Wie er zum Nachmittagsgebet ins Beiß-Hammedrisch kommt, sitzen die Gabbojim vor der Geldschüssel. ›Friede sei mit Euch!‹ – ›Auch mit Euch sei Friede!‹ – ›Woher kommt Ihr?‹ – ›Aus Litauen.‹ – ›Wie heißt Ihr?‹ – ›Was gehts Euch an?‹ – ›Ihr wollt doch in die Schul?‹ – ›Wohin soll ich denn wollen?‹ – ›Ihr wollt wohl bei uns beten?‹ – ›Bleibt mir denn was anderes übrig?‹ – ›Dann müßt Ihr doch etwas in die Schüssel geben.‹ – ›Was denn sonst? Werde ich bei Euch umsonst beten?‹

Kurz und gut, der Fremde zieht drei silberne Rubel aus der Tasche und legt sie in die große Schüssel. Außerdem einen Rubel in den Teller des Chasens, einen Rubel für die Talmud-Thora, einen weiteren Rubel für den Row, und einen halben Rubel für die Armen, außer dem Kleingeld, das er unter den Bettlern vor der Türe verteilt hat. Wir haben nämlich, unberufen, so viel Bettler, daß man das Vermögen eines Rothschilds haben müßte, um sich mit ihnen ordentlich abzugeben.

Als man sah, daß man es mit so einem Menschen zu tun hatte, trat man ihm einen Platz an der Ostwand ab. Werdet ihr fragen, wo man den Platz hergenommen hat, da doch alle Plätze in festen Händen sind? Das ist gar keine Frage. Genau dasselbe ist doch bei einer Hochzeit oder bei einem Briß: es ist gesteckt voll, und plötzlich kommen alle in Bewegung. Was ist los? Der reiche Mann ist gekommen! Drückt man sich so zusammen, daß es einen Platz für den Reichen gibt. Das Drücken ist nämlich eine jüdische Sache: wenn sie niemand anderer drückt, so drücken sie sich selbst ...«

Der Mann mit den runden Augen macht eine Pause, läßt den Blick über die Zuhörer schweifen, um festzustellen, welchen Eindruck auf sie der Witz machte, und fährt fort.

»Kurz und gut, unser Fremder bekam einen Ehrenplatz und ließ sich vom Schammes ein Betpult geben. Zu Kol-Nidre zog er sich Talles und Kittel an und stellte sich beten. Und er betete und betete und setzte sich für keinen Augenblick hin; vom Hinlegen rede ich schon gar nicht! Für keinen Augenblick ging der Litwak von seinem Betpult weg, außer wenn man Schmejn-Eßre betete oder niederknien mußte ... Vierundzwanzig Stunden fasten und sich für keinen Augenblick hinsetzen – das kann eben nur ein Litwak! ...

Erst nach dem letzten Schoiferblasen, wie man

mit dem gewöhnlichen Abendgebet beginnt und Chajim-Channe der Melammed (Chajim-Channe hat seit undenklicher Zeit das Vorrecht, am Jom-Kippur-Ausgang das Abendgebet vorzubeten) mit seiner Ziegenstimme ›Der du die Abende dämmern läßt‹ anstimmt, hört man ein entsetzliches Geschrei: ›Gewalt! Gewalt!‹ man schaut hin – der Litwak liegt ohnmächtig da. Man begießt ihn mit Wasser – es nützt nichts! Was ist das für eine Geschichte? Eine schöne Geschichte. Er hatte bei sich, der Litwak, meine ich, achtzehnhundert Rubel gehabt. Er hatte Angst, sagt er, sie im Gasthause zurückzulassen – es ist doch wirklich kein Spaß – achtzehnhundert Rubel! Wem kann man eine solche Riesensumme in einer wildfremden Stadt anvertrauen? Das Geld am Jom-Kippur in der Tasche zu haben, – schickt sich nicht. Also kam er auf den Einfall, sagt er, das Geld unbemerkt in das Betpult hineinzulegen – was ein Litwak nicht alles kann! Jetzt versteht ihr schon, warum er für keinen Augenblick vom Betpult wegging? ... Aber bei der Schmoin-Eßre oder beim Niederknien hat wohl jemand das Geld herausgenommen.

Kurz und gut, er schreit und jammert und ist ganz außer sich: Was soll er jetzt anfangen? Es ist, sagt er, fremdes Geld, es ist nicht sein Geld, er ist nur Bevollmächtigter von einem Kontor, er selbst ist ein Bettler, sagt er, mit Kindern gesegnet! Es bleibt ihm, sagt er, nichts anderes übrig, als ins Wasser zu gehen oder sich aufzuhängen, sagt er, und zwar hier gleich in der Schul, vor aller Augen!! ...

Als die Leute diese Worte hörten, erstarrten sie zu Stein. Man vergaß sogar, daß man den ganzen Tag gefastet hatte und nach Hause eilen mußte, um sich zu stärken. Wir schämten uns vor dem Fremden und vor uns selbst. So ein Diebstahl – ganze achtzehnhundert Rubel! Und wo? Im Beiß-Hammedrisch, im alten Kaßrilowker Beiß-Hammedrisch! Und wann? Am Jom-Kippur! So etwas hat man doch noch nicht gehört, seit die Welt steht!

›Schammes, schließ die Tür!‹ ertönt plötzlich die Stimme von unserm Row. Unser Row, er heißt Reb Jussifl, ist ein ordentlicher, frommer Mann, eine reine Seele; vielleicht nicht übermäßig klug, aber ein guter Charakter, ein Mensch ohne Galle. Manchmal hat er Einfälle, auf die kein Mensch kommen kann, und wenn er auch achtzehn Köpfe hat! Sobald man die Tür vom Beiß-Hammedrisch geschlossen hat, wendet sich Reb Jussifl zur ganzen Gemeinde. Er ist blaß wie die Wand, und die Hände zittern ihm und die Augen brennen:

›Rabboißai, hört mich an. Es ist eine häßliche Geschichte. So was hat man noch nicht gehört, seit die Welt steht. Daß bei uns in Kaßrilowka sich ein Sünder finden soll, ein Verbrecher in Israel, der ei-

nem wildfremden Menschen, einem Familienvater so eine Summe stiehlt! Und wann? An einem so heiligen Tag wie Jom-Kippur, vielleicht sogar während der Nile. So was hat man noch nicht gehört, seit die Welt steht! Ich kann mir es gar nicht denken, die Sache ist einfach unmöglich! Wenn sich vielleicht doch jemand gefunden hat, den es nach Geld gelüstete, und dazu nach einer solchen Summe wie achtzehnhundert Rubel, der böse Trieb ist ja, Gott sei es geklagt, mächtig genug – wenn jemand von uns gestrauchelt ist, wenn jemand, nebbich, das Unglück beschert war, an einem solchen Tag so eine Sünde zu begehen, – so müssen wir uns Mühe geben, die Sache zu untersuchen und zu ergründen. Himmel und Erde haben geschworen, daß die Wahrheit wie Baumöl auf dem Wasser an die Oberfläche kommen muß. Darum‹, sagt er, ›müssen wir einander durchsuchen, betasten, uns die Taschen herauswenden, vom reichsten Bürger‹, sagt er, ›bis zum Schammes, ohne jemand auszunehmen. Kommt, Juden, durchsucht mich!‹

So sprach unser Row, Reb Jussifl, und mit diesen Worten löste er sich den Gürtel und wendete alle Taschen heraus. Seinem Beispiel folgend, nahmen sich alle Bürger die Gürtel ab, knöpften sich die Kaftans auf und wendeten die Taschen heraus. Und man durchsuchte, betastete und durchschüttelte einander, bis die Reihe an Leiser-Jossel kam. Und als die Reihe an Leiser-Jossel kam, fing er an, lange Geschichten zu machen, und erklärte vor allen Dingen, daß der Fremde ein Schwindler ist: der Litwak hat die Geschichte glatt erfunden, niemand hat bei ihm das Geld gesehen, alles ist Lug und Trug! ›Seht ihr denn nicht selbst, daß es ein Schwindel ist?‹

Machten die Leute großen Lärm: ›Was soll das heißen? Die vornehmsten Bürger ließen sich durchsuchen, warum soll man plötzlich bei Leiser-Jossel eine Ausnahme machen? Hier gibt es keine Aristokraten! Durchsuchen! Durchsuchen!‹

Wie Leiser-Jossel merkt, daß die Sache schlimm für ihn steht, beginnt er mit Tränen in den Augen zu flehen, daß man ihn doch nicht durchsuchen möchte. Er beteuert mit allen Eiden, daß er ebenso rein von allem Übel sein möchte, wie rein er von dieser Sünde ist. Er schämt sich aber, sagt er, sich durchsuchen zu lassen. Man möchte Erbarmen mit seinen jungen Jahren haben und ihm diese Schande nicht antun. ›Tut mit mir‹, sagt er, ›was ihr wollt, durchsucht mich aber nicht.‹

Wie gefällt euch so ein Kerl? Glaubt ihr vielleicht, daß man auf ihn gehört hat? Daß man ihm diese Ehre erwies? …

Aber halt! Ich vergaß euch zu sagen, wer Leiser-Jossel ist. Dieser Leiser-Jossel ist eigentlich kein Kaßrilowker, der Teufel weiß, wo er zu Hause ist, aber er hatte nach Kaßrilowka geheiratet. Unser

Reicher hatte diesen Edelstein irgendwo für seine Tochter aufgegabelt, nach Kaßrilowka gebracht und mit ihm geprahlt: er kann tausend Blatt Talmud auswendig, kennt sich gut in der ganzen Schrift aus, kann gut Hebräisch, Rechnen und Algebra und ist ein großer Schreibkünstler – kurz ein Edelstein mit allen siebzehn Vorzügen! Als er diese Kostbarkeit nach Kaßrilowka gebracht hatte, kamen die Leute herbei, das Wunder anzustaunen. Wenn man ihn bloß von außen anschaut, kann man nichts sagen: ein ganz gewöhnlicher junger Mann, nicht häßlich, wenn auch die Nase etwas zu lang ist. Die Augen leuchten wie zwei brennende Kohlen, und das Mundwerk – Pech und Schwefel! Man fühlte ihm auf den Zahn, ließ sich von ihm ein Blatt Talmud, ein Stück aus der Schrift, eine Stelle aus dem Maimonides erklären – flammendes Feuer! Der Hund kennt sich in allen Dingen so gut aus wie der Goj in den Psalmen. Wo man ihn nur antippt – überall ist er zu Hause! Reb Jussifl selbst sagte von ihm, daß er in jeder beliebigen jüdischen Gemeinde Row sein könnte ...

Und von den modernen Wissenschaften rede ich schon gar nicht. Wir haben im Städtchen einen Philosophen, einen ganz verdrehten Kerl, Seidel Reb Schajes heißt er, und dieser ist ein Hund gegen Leiser-Jossel! Und wie er Schach spielen kann – so einen Schachspieler gibt es nicht auf der ganzen

Welt. Was soll ich euch viel erzählen – ich sage euch ja, ein geratener junger Mann!

Natürlich beneiden alle Leute unsern Reichen um so einen Schatz, obwohl man munkelt, daß der Schatz doch nicht so ganz prima ist. Es gefällt nämlich den Leuten nicht, daß er zu klug ist (alles, was ›zu‹ ist, ist von Übel) und zu wenig Stolz hat: er gibt sich mit jedem ab wie mit seinesgleichen, selbst mit dem Geringsten, mit jedem Burschen, auch mit einem Mädel und sogar mit einer verheirateten Frau ... Dann gefallen seine Manieren nicht: immer ist er zerstreut, kommt in die Schul später als alle, wirft sich den Talles um, nimmt irgendeinen ›Quell lebenden Wassers‹ oder ein anderes Buch vor und studiert und denkt gar nicht ans Beten! Man kann nicht sagen, daß man an ihm etwas Schlechtes gesehen hätte, aber man munkelt, daß er nicht übermäßig gottesfürchtig ist. Es gibt eben keinen Menschen, der alle Vorzüge und gar keine Fehler hätte!

Und als dieser Leiser-Jossel sich weigerte, sich durchsuchen zu lassen, war es ja allen klar, daß er das Geld hat. Sagt er, man soll ihn foltern, man soll ihn schneiden, stechen, braten, brennen, nur nicht durchsuchen. Da geriet sogar unser Reb Jussifl, obwohl er ein Mensch ohne Galle ist, außer sich und fing zu schreien an:

›Du so einer und so einer! Du verdienst, daß man

dich, ich weiß nicht was! Unerhört! Du siehst, wie man den Juden das Blut abzapft, wie alle sich aus der Schande nichts machen und sich durchsuchen lassen, und du willst dich von der Gemeinschaft ausschließen?! So oder so: entweder gestehst du und gibst das Geld heraus, oder du zeigst deine Taschen her! Du willst einer ganzen Gemeinde, unberufen, trotzen? Man wird dich doch gleich, ich weiß nicht was!‹

Kurz und gut, die Leute fielen über ihn her, legten ihn gewaltsam hin und begannen, ihn zu durchsuchen, zu betasten und zu schütteln, und man fand in seinen Taschen ... Nun, ratet einmal, was man gefunden hat? Abgenagte Knochen von einem Viertelhuhn und ein Dutzend ganz frische Kerne von eben erst gegessenen Pflaumen! Ihr versteht doch, wie schön es sich machte, als man bei unserm Edelstein diese Dinge fand? ... Ihr versteht, wie er dastand und was für Gesichter sein Schwiegervater und der Row, nebbich, machten? Unser Row Reb Jussifl wandte sich verschämt weg und konnte niemand in die Augen schauen. Und als die Leute später aus dem Beiß-Hammedrisch nach Hause gingen, um sich zu stärken, hörten sie gar nicht auf, über den Schatz zu sprechen, den man in seinen Taschen gefunden hatte. Und alle schüttelten sich vor Lachen! Reb Jussifl ging ganz allein, den Kopf auf die Brust gesenkt, seufzte und ächzte und schämte sich, als ob man alle diese Sachen in seinen Taschen gefunden hätte ...«

Der Mann war mit seiner Geschichte anscheinend fertig. Denn er fing wieder zu rauchen an.

»Nun, und das Geld?« fragten ihn alle wie aus einem Munde.

»Was für Geld?« Er stellt sich einfältig und bläst den Rauch vor sich hin.

»Was heißt, was für Geld? Die achtzehnhundert Rubel ...«

»Ach so«, sagte er gedehnt, »die achtzehnhundert Rubel?«

»Hat man die gefunden?«

»Die waren weg.«

Schmilik

Schmilik ist kein erfundener Name und das, was ich euch erzählen will, keine Legende. Schmilik ist ein wirklich existierender Mensch, lebt in unserer Gegend, und ich kenne ihn! Ein Bursche von siebzehn Jahren, ein einfacher Junge, ein Dorfjunge von einer Eisenbahnstation. Sein Vater – er heißt Naftoli, und die Bauern nennen ihn Pantelej – wohnt bei der Station und lebt von der Eisenbahn; und da er hier seit mehr als dreißig Jahren lebt und sich in dem Dorfe noch vor den Judenverfolgungen des Grafen Ignatjew niedergelassen hat, so hört er auf alle Minister und ihre Zirkulare wie der Bösewicht Haman auf die Gragger; vom Pristaw und Revieraufseher schon gar nicht zu reden. Gar mancher Pristaw und mancher Revieraufseher haben sich hier seit der Zeit abgelöst, und ein jeder von ihnen ließ sich Naftolis Papiere zeigen und hatte große Lust, den Juden aus dem Dorfe zu jagen. Es half ihnen aber wie der vorjährige Schnee. Naftoli pflegte ihnen ganz offen zu erklären: »Ich habe schon mehr als einen Pristaw und einen Revieraufseher überlebt; eher werde ich euch von hier ausräuchern als ihr mich.« Und er behielt jedesmal recht, denn wie der Pristaw so auch der Revieraufseher gingen nach kurzer Zeit zugrunde, und zwar an unheilbarer Liebe. Ihre Liebe war ungeheuer groß, hatte keine Grenzen und bezog sich auf zwei Dinge: auf einen Rubel und einen Schluck Branntwein. Und es ist schwer zu sagen, was sie eigentlich lieber hatten, den Rubel oder den Schluck Branntwein. Ich fürchte, daß sie in dieser Hinsicht einem kleinen Kinde glichen, welches gefragt wird: ›Wen hast du lieber – den Vater oder die Mutter?‹ Sollen aber beide in die Erde versinken, wie der Pristaw so auch der Revieraufseher. Wir kehren wieder zu Naftoli und seinem Sohn Schmilik zurück.

Da Schmilik unter Bauern geboren, erzogen und aufgewachsen ist, so redet er wie ein Goj, kleidet sich wie ein Goj, lebt wie ein Goj, denkt wie ein Goj und kümmert sich nur um gojische Interessen, er weiß ganz genau, was Iwan will, was Iwan hat und was Iwan fehlt; er fühlt, wo Iwan der Schuh drückt, und weiß, was Iwan kann, was Iwan nicht kann und was Iwan könnte, wenn Iwan wollte ... Und da Schmilik immerhin Naftolis und nicht Iwans Sohn ist, so kann er beten und russisch wie jüdisch lesen und schreiben; und da er Naftolis und nicht Iwans Sohn ist, so liest er täglich die Zeitung und weiß, was in der Zeitung über den Krieg, den Frieden, die Streiks, Aufstände, Manifeste, Pogrome und andere schöne Sachen steht, die bei uns in unserem gesegneten Lande vorgehen. Schmilik teilt alles, was er gelesen hat, den Bauern mit. Denn die

Bauern verstehen, nebbich, nicht zu lesen, wollen aber gerne wissen, was in der Welt vorgeht; sie lechzen danach, wissen aber gar nichts; und selbst das, was sie wissen, wissen sie nur stückweise und von einer Seite wie kleine Kinder oder Wilde.

»Ihr seid ein finsteres Volk«, sagte ihnen Schmilik. »Ihr wißt gar nichts.«

»Es ist wahr«, antworten die Bauern. »Wir sind ein finsteres Volk und wissen gar nichts.«

Und da sie ein finsteres Volk sind und gar nichts wissen, aber gerne alles wissen wollen, so muß Schmilik ihnen die Zeitung vorlesen und alles erklären.

»Erzähle uns doch, Schmilik«, bitten sie ihn, »was die Gelehrten schreiben, was die Klugen sagen.«

Und Schmilik ist nicht faul; er setzt sich zu ihnen auf die Erde und liest ihnen vor, was die Gelehrten schreiben und was die Klugen sagen. Und die Bauern hören ihm zu, starren ihm in den Mund und glauben ihm jedes Wort. Sie glauben nur ihm allein und sonst niemand. Und wenn sie etwas hören, was sie nicht verstehen, so fragen sie Schmilik. Und wenn man ihnen etwas Neues erzählt, so glauben sie nicht und wenden sich an Schmilik. In allen Fällen wenden sie sich an Schmilik.

Man kennt Schmilik nicht nur in dem einen Dorf, wo seine Eltern wohnen, sondern in der gan-

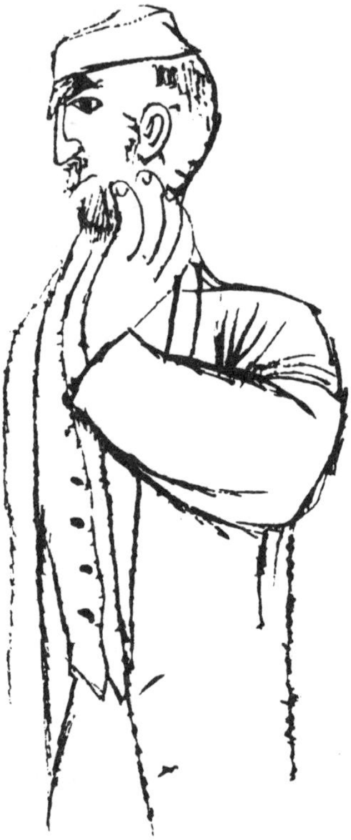

zen Gegend, in fünfzig Dörfern ringsherum. Groß ist Schmiliks Name!

Als die Nachricht eintraf, daß man in allen großen Städten die Juden schlägt, kamen die Bauern von allen fünfzig Dörfern zu Schmilik und baten ihn, er möchte ihnen den kaiserlichen Ukas vorlesen, durch den den Bauern erlaubt wird, die Juden drei Tage hintereinander zu morden und zu plündern.

»Geht nach Hause«, sagte ihnen Schmilik, »es gibt keinen Ukas, daß man die Juden morden und plündern soll.«

Die Bauern hörten seine Worte, blieben aber noch unentschlossen stehen und kratzten sich die Nacken.

»Geht nach Hause!« sagte ihnen Schmilik noch einmal. »Was kratzt ihr euch?«

Die Bauern standen noch eine Weile da, erklärten aber schließlich Schmilik, er solle *für sich* keine Angst haben ... Schmilik hörte sie an und sagte, daß er für sich auch so keine Angst habe ... Darauf sagten ihm die Bauern, er solle auch für seinen Vater keine Angst haben ... Darauf sagte ihnen Schmilik, daß auch sein Vater keine Angst habe. Es kostete Schmilik große Mühe, sie davon zu überzeugen, daß es keinen Ukas gäbe, nach dem man drei Tage hintereinander die Juden schlagen dürfe. Die Bauern gingen nach Hause, kamen aber bald wieder und baten Schmilik, er möchte ihnen erklären, was in der Welt vorgeht, was die Konstitution sei und wieviel Land ein jeder von ihnen zugeteilt bekommen werde. Und Schmilik erklärte ihnen, was in der Welt vorgeht, was die Konstitution sei und wieviel Land ein jeder von ihnen zugeteilt bekommen werde. Und Schmilik hatte keine Angst mehr vor einem Pogrom, weder in seinem Dorf noch in den fünfzig Dörfern ringsherum. Schmilik ist auf der Hut, und wenn fremde Bauern aus fremden Dörfern kommen, um einen Judenpogrom zu veranstalten, so wird man ihnen die Köpfe blutig schlagen und sie dorthin jagen, wo der schwarze Pfeffer wächst. Denn wie ist ein Pogrom ohne Schmilik möglich?

Nicht nur ein Judenpogrom, auch ein Pogrom gegen die Gutsbesitzer ist ohne Schmiliks Einwilligung undenkbar. Wenn Schmilik sich nicht ins Zeug gelegt hätte, so hätten die Bauern schon längst die Gutsbesitzer überfallen und mit ihnen abgerechnet. Schmilik hält sie aber davon ab und sagt ihnen, daß Rauben und Morden, Brennen und Schlachten unvernünftig sei und daß sie damit nichts erreichen werden. Schmilik sagt ihnen, daß sie noch abwarten sollen. Sie sollen warten bis zum Frühjahr, wenn die Natur aufersteht, wenn die Erde erwacht, die weiße Bettdecke von sich wirft und bittet, daß man sie bestellt, – dann sollen sich die Gutsbesitzer selbst bemühen: sie sollen nur selbst die Felder bestellen, selbst pflügen, säen, mähen, binden, das Getreide einbringen, dreschen, mahlen, Teig kneten und Butterbrot backen; alles sollen sie selbst tun! Und die Bauern hören auf Schmilik, sitzen still in ihren Dörfern und rühren niemanden an.

Plötzlich kam aber die Obrigkeit, trieb die Bauern von allen fünfzig Dörfern zusammen und las ihnen das Manifest vom siebzehnten Oktober vor. Die Bauern hörten das Manifest an, beschlossen aber, Schmilik kommen zu lassen. Man holte Schmilik, rollte ein leeres Faß herbei, stellte Schmilik auf das Faß und bat ihn, er möchte vorlesen, was im Manifest steht. Denn sie wollen niemand außer Schmilik glauben. Groß ist Schmiliks Name!

Natürlich gefiel das der Obrigkeit gar nicht. Sofort ging ein Papier aufs Landamt, und aus dem Landamt in die Stadt, und bald darauf zeigten sich in der Gegend berittene Gendarmen, und der Pristaw forderte von den Bauern die Auslieferung Schmiliks, dieses ›jüdischen Gapon‹. Als die Bauern hörten, daß man auf Schmilik fahndet, gaben sie Schmilik zu wissen, daß man Schmilik sucht, und sie verkleideten Schmilik als einen Bauern und gingen mit Schmilik zu Schmilik ins Haus, um Schmilik, diesen ›jüdischen Gapon‹ zu verhaften ...

Von nun an laufen jeden Montag und Donnerstag im Landamt ganze Stöße von Papieren ein, in denen befohlen wird, Schmilik einzufangen, zu verhaften und in die Stadt zu bringen. Die Gendarmen, Polizeiagenten und Kosaken suchen, spionieren und beschnuppern die Luft. Und die Bauern mitsamt Schmilik helfen ihnen, Schmilik zu suchen. In der ganzen Gegend spricht man nur von Schmilik.

Alle suchen Schmilik, und Schmilik ist verschwunden!

Groß ist der Name Schmiliks, des jüdischen Gapon!

Im Monat Elul

»Ihr fahrt zum ›Jahrmarkt‹, und wir kommen vom ›Jahrmarkt‹. Ich habe mich schon ausgeweint, und Ihr wollt Euch erst ausweinen. Also muß ich Euch Platz machen! Rückt ein wenig näher zu mir, so werdet Ihr es bequemer haben.«

»Da bin ich schon!«

Dieses Gespräch höre ich im Eisenbahnwagen hinter meinem Rücken. Es sind zwei Männer, von denen eigentlich nur der eine spricht, während sich der andere auf kurze Zwischenbemerkungen beschränkt.

»Wir fahren zu zweit: ich und meine Alte. Da ist sie: sie liegt auf dem Fußboden und schläft. Ausgeweint hat sie sich wohl für alle Juden! Wollte vom heiligen Ort gar nicht weggehen; sie fiel auf das Grab nieder und konnte sich nicht mehr losreißen! Ich rede ihr zu: ›Laß genug sein!‹ sag ich ihr: ›du wirst sie mit deinen Tränen doch nicht lebendig machen!‹ Hört sie mich wie die Wand. Und ist es auch ein Wunder? Dieser Verlust! Eine einzige Tochter, teuer wie der Augapfel, und dazu ein wirklich geratenes Kind. Schön wie Gold. Und klug. Hat eine Töchterschule beendet ... Zwei Jahre sind es nun her, daß sie gestorben ist. Meint Ihr vielleicht, an der Schwindsucht? Nein, sie war gesund und stark! Sie selbst hat sich das Leben genommen ...«

»Was?!«

Aus diesen Sätzen könnt ihr schon erraten, von was für einem ›Jahrmarkt‹ sie sprechen. Das Ganze spielt sich in den ersten Tagen des traurigen und lieben Monats Elul ab. Juden fahren von der einen Stadt in die andere zu den Gräbern ihrer längstverstorbenen Eltern, Schwestern und Brüder, Kinder und Verwandten. Vereinsamte Mütter, verwaiste Töchter, unglückliche Schwestern und elende Weiber fallen auf die teuren, lieben Gräber nieder, um sich auszuweinen, um das verbitterte Herz auszuschütten und die verschmachtende Seele zu erleichtern.

Es ist doch wirklich sonderbar! Ich fahre ja mit Gottes Hilfe lange genug als Geschäftsreisender herum; und ich muß sagen, daß man noch niemals so viel zu den Gräbern gereist ist wie in diesem Jahre ... Die Eisenbahn kommt, Gott sei Dank, auf ihre Kosten, und die Wagen sind gesteckt voll. Es fahren Juden mit düstern Gesichtern, es fahren Weiber mit geschwollenen, roten Augen und glänzenden Nasenspitzen. Die einen fahren zum ›Jahrmarkt‹, die andern kommen vom ›Jahrmarkt‹ ... Die Elul-Stimmung liegt in der Luft, und auch im Herzen ist Elul, und man bekommt Sehnsucht nach seinem Heim ... Unwillkürlich lausche ich dem Gespräch der beiden Männer hinter meinem Rücken.

»Meint Ihr vielleicht, es war einer von den Unglücksfällen, wie sie heute jeden Tag vorkommen? Schwarze Anarchistenblusen, rote Fahnen? Gefängnis? Gott behüte! Vor diesen Dingen hat mich Gott bewahrt, das heißt, ich habe mich selbst davor bewahrt! Wie den Augapfel habe ich sie gehütet! Es ist doch wirklich keine Kleinigkeit: eine einzige Tochter und ein wirklich geratenes Kind, schön wie Gold, hat die Töchterschule beendet! Ich tat alles, was ich nur konnte: habe aufgepaßt, wohin sie ausging und mit wem sie ausging und mit wem sie sprach und was sie sprach und was für Bücher sie las. ›Töchterchen‹, sagte ich zu ihr, ›du willst Bücher lesen? Lies, soviel du willst! Doch auch ich muß wissen,‹ sage ich, ›was du liest!‹ Ich bin in diesen Dingen zwar wenig bewandert, habe aber Gott sei Dank eine gute Nase: wenn ich in ein Buch nur hineinschaue, und wenn es auch französisch ist, weiß ich gleich, was das für eine Art Buch ist.«

»Ists wahr?«

»Ich wollte nicht, daß mein Kind mit dem Feuer spielt, – ist das ein Verbrechen? Meint Ihr, daß ich mit ihr streng war? Im Gegenteil: ich tat alles mit Gutem und halb im Scherz: ›Töchterchen‹, pflegte ich ihr zu sagen, ›laß das Rad der Welt sich drehen, wie es sich dreht. Weder du noch ich werden seinen

Gang aufhalten ...‹ So spreche ich zu ihr. Und was, meint Ihr, sagte sie darauf? Gar nichts sagte sie, sie schwieg. Eine stille Taube, ein goldiges Kind! Was tut aber Gott? Wir hatten schon die schwere Zeit der Revolution und der Freiheitsmanifeste überstanden, kein Mensch dachte mehr an schwarze Blusen und rote Fahnen, die Mädels mit kurzgeschorenem Haar waren verschwunden, und es gab weder Bomben noch ähnliche Plagen. Das alles war nun überstanden, doch solange diese Schrecken noch dauerten, fielen mir vor Angst beinahe die Zähne heraus. Ist doch keine Kleinigkeit: eine einzige Tochter, teuer wie ein Augapfel, und auch ein geratenes Kind, hat die Töchterschule beendet ...«

»Versteht sich ...«

»Kurz und gut – die bitterste Zeit war vorüber. Nun konnte ich mich doch auch wegen einer Partie für sie umsehen. Mitgift? Mitgift ist das wenigste, wenn Gott nur den richtigen Freier schickt. Und nun beginnt ein neues Kapitel: Heiratsvermittler, Partien, Freier. Doch ich sehe, daß mit meiner Tochter etwas nicht in Ordnung ist. Ihr meint, daß sie nicht heiraten will? Nein, das kann man nicht sagen. Also was denn? Das werdet Ihr bald hören. Ich fange an aufzupassen, nachzuforschen und erfahre, daß sie heimlich irgendein Buch liest. Und nicht allein: zu dritt lesen sie das Buch. Sie und ihre Freundin, die Tochter unseres Chasens, auch ein geratens Mädel, hat auch die Töchterschule beendet; das sind zwei. Und der dritte ist der Nawarodoker Bursche. Ihr wollt wissen, wer der Nawarodoker Bursche ist? Er ist es gar nicht wert, daß man von ihm spricht. Ein Taugenichts mit einem Ausschlag im Gesicht, mit schlechten Augen ohne Brauen, aber mit einer goldenen Brille, ein ekelhafter, schmieriger Kerl. Ich würde aus seiner Hand nicht einmal ein Stück Brot nehmen! Und obendrein noch ein Kriecher, ein Wurm ... Wißt Ihr, was ein Wurm ist? Das will ich Euch erklären. Es gibt unter den Menschen Rinder. Und es gibt Esel. Und es gibt Hunde. Und es gibt Schweine. Und schließlich gibt es Würmer. Versteht Ihr jetzt?«

»Aha.«

»Wie kommt aber dieser Wurm zu mir ins Haus? Durch des Chasens Tochter. Er ist nämlich ihr leiblicher Vetter. Er studiert irgendwas, will Provisor werden, oder Jurist, oder Zahnarzt, – der Teufel weiß, was er werden will! Ich weiß nur, daß er mein Todesengel ist! Dieser Bursche mit der goldenen Brille mißfiel mir schon auf den ersten Blick. Ich sagte das sogar meinem Weib, doch sie sagte darauf: ›Was dir nicht alles einfallen kann!‹ Ich fange an aufzupassen, die Sache gefällt mir immer weniger! Es paßt mir nicht, daß sie zu dritt lesen und dann diskutieren und sich ereifern ... Nehme ich einmal meine Tochter vor: ›Töchterchen‹, sage ich,

›was lest ihr eigentlich so eifrig zu dritt?‹ Sagt sie: ›Es ist nichts ... Ein Buch ...‹ Ich sage: ›Ich sehe, daß es ein Buch ist. Ich frage nur, was es für ein Buch ist.‹ Sagt sie: ›Und wenn ich es dir sage, wirst du es denn verstehen?‹ Sage ich: ›Warum soll ich es nicht verstehen?‹ Fängt sie zu lachen an und sagt: ›Das ist keines von den Büchern, die du meinst. Es ist ein Roman von Arzibaschew und heißt Ssanin.‹ – ›Artze Basches‹, sag ich, ›so hieß bei uns ein blinder Melammed, und der ist schon längst gestorben.‹ Fängt sie noch mehr zu lachen an. Und ich sage mir: Du lachst, Töchterchen, und deinem Vater verblutet das Herz! Was dachte ich mir aber? Nun, daß sie vielleicht wieder das alte Spiel mit Politik angefangen haben. Glaubt Ihr vielleicht, daß ich das Buch daraufhin nicht durchgelesen habe?«

»Versteht sich ...«

»Ich habe es nicht selbst gelesen, sondern ließ es von wem andern lesen, von einem Gehilfen aus meinem Laden. Es ist ein gebildeter junger Mann, liest russisch ganz flüssig. Ich nahm meiner Tochter das Buch eines Nachts heimlich weg und gab es dem Gehilfen: ›Nimm das Buch, Berl, lies es durch, und morgen wirst du mir sagen, was darin steht.‹ Am nächsten Morgen verbrenne ich vor Ungeduld, bis Berl ins Geschäft kommt. ›Nun, Berl, was ist mit dem Buch?‹ Sagt er mir: ›Ach, ist das ein Buch!‹

Dabei knirscht er mit den Zähnen: ›Die ganze Nacht konnte ich mich davon nicht losreißen‹, sagt er. ›So? erzähle mir, was darin steht, damit auch ich es weiß ...‹ Und mein Berl erzählt mir eine Geschichte ... Was soll ich Euch sagen? Ganz wirres Zeug! Hört einmal selbst den Unsinn: ›Es war einmal‹, erzählte er mir, ›ein Russe, und der hieß Ssanin: er liebte einen guten Schluck Branntwein und eine saure Gurke hinterher ... Und er hatte eine Schwester, die hieß Lida: sie war sterblich in einen Doktor verliebt, doch sie hatte ein Verhältnis mit einem Offizier ... Und es war ein Student, der hieß Jura und war sterblich in eine Lehrerin verliebt. Und diese Lehrerin fuhr einmal nachts in einem Schiffchen spazieren, – Ihr meint, mit ihrem Verlobten? Nein, mit dem Trunkenbold Ssanin ...‹ – ›Ist das die ganze Geschichte?‹ – ›Nein, wartet, sie ist noch nicht ganz fertig. Es war noch ein Lehrer, namens Iwan, und der ging mit dem Ssanin zum Fluß zuschauen, wie die Mädchen baden ...‹ – ›Kurz und gut‹, sag ich, ›was ist die Moral von der Geschichte?« – ›Die Moral von der Geschichte‹, sagt er, ›ist, daß dieser Trunkenbold Ssanin die Gewohnheit hatte, wie ein Hengst zu wiehern, und selbst vor seiner eigenen Schwester Lida; als er einmal nach Hause kam ...‹ – ›Pfui?‹ sage ich, ›genug! Von dem Trunkenbold will ich nichts mehr hören. Ich frage dich, was ist der Witz von der Geschichte?‹ – ›Der Witz ist‹, sagt er, ›daß der Offizier sich erschossen hat. Auch der Student hat sich erschossen, und die Lehrerin hat sich vergiftet. Es kam dort auch ein Jude Ssolowejtschik vor: der hat sich aufgehängt.‹ – ›Auch du sollst dich aufhängen‹, sag ich ihm, ›mit allen andern zusammen.‹ Sagt er: ›Was schimpft Ihr auf mich? Was kann ich dafür?‹ – ›Ich meine nicht dich,‹ sage ich, ich meine Arzibaschew ...‹ So sage ich zu meinem Berl, meine aber den Naworodoker Burschen, daß ihn die Cholera! Glaubt Ihr vielleicht, daß ich faul war, mit dem Kerl ein ernstes Wort zu reden?«

»Nun?«

»›Sag mir doch, wo hast du diesen Unsinn her?‹ Starrt er mich durch seine Brille an und fragt: ›Was für einen Unsinn?‹ Sage ich ihm: ›Ich meine Arzibaschews Geschichte von dem Trunkenbold, den man Ssanin nannte ...‹ – ›Ssanin‹, sagt er, ›ist gar kein Trunkenbold.‹ – ›Was ist er denn?‹ – ›Ssanin‹, sagt er, ›ist ein Held.‹ – ›Ist das‹, sag ich, ›sein ganzes Heldentum, daß er Branntwein aus einem Teeglas trinkt, dazu saure Gurken ißt und wie ein Hengst wiehert?‹ Der Naworodoker Bursche gerät in Wut, nimmt seine goldene Brille von der Nase, sieht mich mit seinen roten Augen, die keine Brauen haben, an und sagt: ›Ihr habt etwas läuten gehört, Onkelchen‹, sagt er, ›könnt es aber nicht nachsingen. Ssanin ist ein Mensch der Natur, ein Mensch der Freiheit. Ssanin‹, sagt er, ›sagt, was er denkt, und tut, was er will …‹ Und so weiter und so weiter! Der Teufel weiß, was er noch alles zusammengeredet hat: von Freiheit und Liebe und wieder Freiheit und wieder Liebe! Und wie er so spricht, reckt er seine Hühnerbrust, fuchtelt mit den Händen und regt sich auf wie ein Maggid auf der Kanzel. Ich schaue ihn an und denke mir: ›Schöpfer der Welt! Dieser schmierige Kerl wagt es, von solchen Dingen zu sprechen … Wie wäre es zum Beispiel, wenn ich ihn beim Kragen packe und zur Türe hinausschmisse, so daß er später alle seine Zähne zusammenklauben müßte?‹ Doch ich überlege es mir und denke mir weiter: ›Der Bursche ist einfach ein Narr. Wäre es denn besser, wenn er von Bomben redete?‹ Wer hätte es aber damals ahnen können, daß es Dinge gibt, die ärger sind als alle Bomben, und daß ich wegen eines solchen Unsinns mein Kind verlieren werde, meine einzige Tochter, schön wie Gold, teuer wie der Augapfel; daß mein Weib schier verrückt wird und daß ich vor Kummer und Schande alle meine Geschäfte aufgebe und – es sind schon zwei Jahre her – in eine andere Stadt ziehe? Doch ich will der Reihe nach erzählen, wie sich alles abspielte und woher das Unglück kam … Es kam nämlich von den Bauernunruhen …

Als die Bauernunruhen bei uns anfingen, fürchteten wir natürlich, daß die Geschichte mit einem

Pogrom endet. Wir lebten also in der größten Angst. Doch wenn Gott will, tut er ein Wunder und wendet das Böse zum Besten. Was geschah also? Man schickte in unser Gouvernement ein Regiment Soldaten, und es wurde sofort still. Und das Regiment brachte Leben in das Städtchen: denn was gibt es Besseres für uns Juden als ein Regiment mit Feldwebeln, Feldschern, Offizieren, Kompaniechefs und Kommandeuren?«

»Ja, das stimmt!«

»Wer konnte aber ahnen, daß des Chasens Tochter sich in einen Offizier verlieben wird? Daß sie sich taufen lassen wollen wird, um den Offizier zu heiraten? Es ist gar nicht zu beschreiben, was es für einen Aufruhr in unserm Städtchen gab! Ihr braucht aber keine Angst zu haben: des Chasens Tochter hat sich *nicht* taufen lassen und hat den Offizier *nicht* geheiratet. Denn als die Bauernunruhen aufhörten, zog das Regiment wieder fort, und der Offizier vergaß sogar in der Eile, von des Chasens Tochter Abschied zu nehmen. Dafür hat aber des Chasens Tochter den Offizier nicht vergessen ... Die armen Eltern! Was die Leute ausstehen mußten! Die ganze Stadt hat förmlich gekocht, auf Schritt und Tritt sprach man nur von des Chasens Tochter, und wieder von des Chasens Tochter. Böse Menschen hatten nun genug zu tun: Man schickte dem Chasen einmal eine Hebamme ins

Haus ... Ein anderes Mal fragte man ihn, welchen Namen er seinem Enkelkind zu geben gedenke. Obwohl es sehr möglich ist, daß die ganze Geschichte erlogen war. Wißt Ihr denn nicht, was böse Zungen in so einem kleinen Städtchen alles ausdenken können?« – »Das will ich meinen!«

»Den Kummer von den beiden, ich meine den Chasen und seine Frau, konnte man wirklich nicht ruhig ansehen! Denn was konnten sie dafür? Doch meiner Tochter sagte ich ein für allemal: Was gewesen, ist gewesen; doch von heute an hört jede Freundschaft mit des Chasens Tochter auf! Und wenn ich etwas sage, so ist es eben gesagt. Sie ist zwar eine einzige Tochter, muß aber trotzdem vor dem Vater Respekt haben. Wer konnte es ahnen, daß sie mit dem Mädel trotzdem zusammenkommen wird, natürlich, heimlich, hinter meinem Rükken? Und wann merke ich es? Als es schon zu spät ist! ...«

Plötzlich höre ich hinter meinem Rücken jemanden husten und wie aus dem Schlafe stöhnen. Der Mann, der die Geschichte erzählt, bleibt eine Weile stumm und fährt dann ganz leise fort:

»Das war gerade am ersten Sliches-Tag, ich weiß es noch so genau, als ob es erst eben geschehen wäre. Der Chasen sang die Sliches so, daß einem dabei das Herz zerriß! Sein Gesang konnte wirklich einen Stein rühren! Niemand, niemand hat mit ihm so mitgefühlt wie ich ... Ja, die Kinder von heute! Wehe ihren Vätern! ... Nach den Sliches verrichte ich gleich das Morgengebet, mache noch einen Sprung nach Hause, frühstücke, nehme die Schlüssel und gehe auf den Markt, um das Geschäft aufzusperren. Doch der Gehilfe ist noch nicht da. Ich warte eine halbe Stunde, ich warte eine Stunde, – er ist immer noch nicht da. Endlich kommt er. ›Berl, warum so spät?‹ Sagt er mir: ›Ich komme vom Chasen.‹ – ›Was hast du‹, frage ich ihn, ›plötzlich beim Chasen zu suchen?‹ Und er antwortet: ›Wißt Ihr denn nicht, was mit Chaike geschehen ist?‹ (So hieß nämlich des Chasens Tochter.) ›Was ist‹, frage ich, ›mit Chaike geschehen?‹ – ›Gott!‹ sagt er, ›sie hat sich doch vergiftet!‹«

»Ist es möglich?«

»Wie ich das höre, laufe ich sofort nach Hause. Mein erster Gedanke ist: ›Was wird Ettke dazu sagen?‹ (So hieß meine Tochter.) Ich komme nach Hause und frage meine Alte: ›Wo ist Ettke?‹ – ›Ettke schläft noch. Was willst du von ihr?‹ – ›Mein Gott!‹ sag ich, ›Chaike hat sich doch vergiftet!‹ Wie ich das sage, greift sich mein Weib an den Kopf und beginnt zu fluchen. ›Was fluchst du?‹ frage ich sie, und sie antwortet: ›Ettke ist ja mit ihr erst gestern abend spazierengegangen, wohl an die zwei Stunden ...‹ – ›Wie?‹ sage ich, ›wie kann das sein? Ettke mit Chaike zusammengewesen? Was redest du?‹ –

›Ach!‹ sagt sie, ›frage mich lieber nicht! Ich mußte ihr doch nachgeben. Sie bat mich, daß ich dir nichts davon sage, daß sie jeden Tag mit Chaike zusammenkommt! Es ist ein Unglück geschehen! Es wäre besser, wenn ich löge ...‹ So spricht zu mir meine Alte und rennt in Ettkes Kammer. Und sie fällt sofort auf den Boden nieder. Ich laufe ihr nach, stürze ich zum Bett und schreie: ›Ettke!‹ Es gibt keine Ettke mehr ...

Sie ist tot. Liegt tot im Bett. Und auf dem Tische steht ein Fläschchen, und daneben liegt ein Zettel, mit ihrer eigenen Hand geschrieben, und in jiddischer Sprache. Sie konnte gut jiddisch schreiben, es war ein Vergnügen, ihre Schrift zu lesen. ›Liebe und teure Eltern!‹ heißt es in dem Zettel. ›Verzeiht mir den Schmerz und die Schande, die ich Euch antue. Ich bitte Euch hundertmal um Vergebung‹, schreibt sie, ›wir haben uns beide, ich und Chaike, das Wort gegeben‹, schreibt sie, ›am gleichen Tage, zur gleichen Stunde den gleichen Tod zu sterben, denn wir können ohne einander nicht leben ... Ich weiß‹, schreibt sie, ›daß ich an Euch ein großes und schweres Verbrechen begehe. Ich habe mich mit diesem Gedanken sehr lange gequält. Nun ist es beschlossen, und ich kann nicht mehr zurück! Eine Bitte habe ich an Euch, teure Eltern: laßt mich an Chaikes Seite beerdigen‹, schreibt sie, ›Grab neben Grab. Bleibt gesund und vergeßt, vergeßt‹, so endet der Brief, ›daß Ihr einmal eine Tochter hattet mit Namen Ettke.‹ Habt Ihr es gehört? Wir sollen vergessen, daß wir eine Tochter Ettke hatten! ...«

Ich höre hinter meinem Rücken ein Stöhnen und Krächzen, und eine verschlafene Frauenstimme ruft: »Awremel! ... Awremel! ...«

»Ja, was ist, Gitke? Hast du ausgeschlafen? Willst du Tee trinken? Bald kommt eine Station. Wo ist die Teekanne? Wo ist der Tee und der Zukker? ...«

Peßach im Dorfe

Mögen die Winde pfeifen, mögen die Stürme brausen, mag die Welt untergehen – was kümmert das den alten Eichbaum, der noch von den sechs Tagen der Schöpfung dasteht und dessen Wurzeln Gott weiß wie tief in die Erde hineinreichen? Was sind ihm Stürme? Was sind ihm Winde? ...

Mit dem alten Eichbaum ist hier ein lebendiger Mensch gemeint, mit Namen Nachman Worobjowker aus Worobjowka, ein großgewachsener, breitschultriger und derbknochiger Jude, ein wahrer Riese. Die Stadtjuden schauen ihn nicht ohne Neid an, machen sich aber zugleich über ihn etwas lustig: »Friede sei mit Euch! Wie steht es mit Eurer Gesundheit?« Nachman weiß, daß man sich über ihn und seinen Körperbau lustig macht. Darum krümmt er den Rücken, um etwas jüdischer auszusehen. Doch es hilft ihm nichts: er ist eben zu groß gewachsen.

Nachman Worobjowker ist in Worobjowka alt eingesessen. ›Unser Nachman‹ nennen ihn die Bauern von Worobjowka. Sie halten ihn für einen braven und klugen Menschen und plaudern mit ihm gerne über Wirtschaftssachen. Man holt sich bei ihm zuweilen Rat: Was soll man mit dem Getreide anfangen? Nachman besitzt einen Kalender und kann genau angeben, ob Getreide heuer teuer oder billig sein wird. Man spricht mit ihm auch über allgemeine Dinge, denn Nachman fährt öfters in die Stadt, kommt unter Menschen und weiß, was in der Welt vorgeht ...

Man kann sich Worobjowka schwer ohne Nachman den Worobjowker vorstellen. Denn nicht nur sein Vater, Veitel Worobjowker, war in Worobjowka geboren und gestorben, sondern auch sein Großvater Arje, seligen Angedenkens, ein kluger und witziger Jude pflegte zu sagen, daß das Dorf nur darum Worobjowka heiße, weil er, Arje Worobjowker, dort wohne; denn noch bevor Worobjowka – Worobjowka geheißen habe, sei er, Arje Worobjowka, schon ein Worobjowker gewesen. Das pflegte sein Großvater zu sagen. So waren eben die Juden in der guten alten Zeit!

Und glaubt ihr, daß Arje Worobjowker es so ohne Grund, nur des Witzes wegen sagte? Arje war kein so einfacher Mensch und pflegte niemals einen Witz ohne tiefere Bedeutung zu erzählen. Er hatte dabei die Judenverfolgungen im Auge. Denn es gab schon auch zu seiner Zeit Judenverfolgungen. Schon damals ging ein Gerücht, daß man die Juden aus den Dörfern vertreiben würde. Und es war nicht nur ein Gerücht, sondern man begann sie auch tatsächlich zu vertreiben. Man hatte auch alle vertrieben.

Nur der alte Arje Worobjowker blieb in Worobjowka. Selbst der Gouverneur konnte dagegen nichts machen, denn Arje wies nach, daß man ihn nach dem Buchstaben des Gesetzes unmöglich aus Worobjowka vertreiben könne. So waren eben die Juden in der guten alten Zeit!

Wenn einer so ein Privilegium hat, in Worobjowka bleiben zu dürfen, so ist er selbstverständlich stolz und selbstbewußt und lacht über die ganze Welt. Was gehen unsern Nachman Worobjowker alle Judengesetze an, was ist ihm der ›Ansiedlungsrayon‹, was sind ihm alle Ministerialerlasse? ... Was für einen Respekt hat Nachman vor dem Goj Kurotschka und den Neuigkeiten, die ihm dieser jeden Tag aus der Dorfkanzlei bringt? Kurotschka ist ein untersetzter Bauer mit kurzen Fingern und trägt hohe Stiefel, einen tuchenen Rock und eine silberne Uhrkette; sieht ganz wie ein Gutsbesitzer aus! Kurotschka ist Schreiber in der Dorfkanzlei. Darum kennt er alle Sorgen, die die Leute im Dorfe haben. Darum liest er auch die aus Petersburg zugeschickten schönen Zeitungen, die lauter Anschuldigungen gegen Juden enthalten.

Kurotschka ist sonst gar kein so übler Kerl. Er ist Nachmans Nachbar und sozusagen guter Freund. Hat Kurotschka Zahnweh, so gibt ihm Nachman etwas zum Spülen. Muß Kurotschkas Weib niederkommen, so verrichtet bei ihr Nachmans Weib

Hebammendienste. Doch seit einiger Zeit, nämlich seit er mit besonderm Eifer die gewissen Zeitungen studiert, ist Kurotschka plötzlich wie verändert. ›Der Judenfeind Esau spricht aus ihm!‹ Jeden Tag kommt er zu Nachman mit einer neuen Nachricht: »Ein neuer Gouverneur ...« »Ein neues Rundschreiben aus dem Ministerium ...« – »Eine neue Verordnung wegen Juden ...« Dem Nachman steht in solchen Augenblicken das Herz still, und die Muttermilch gerinnt in ihm, doch was braucht er es den Goj merken zu lassen? Und er hört Kurotschka lächelnd zu und zeigt ihm dann die flache Hand mit den Worten: »Wenn hier Haare wachsen, werden mich diese Dinge angehen ...«

Mögen die Gouverneure versetzt werden, mögen die Minister Rundschreiben erlassen, was kümmert das alles Nachman Worobjowker aus Worobjowka? ...

Nachman Worobjowker lebt in Worobjowka gar nicht so übel. Das heißt, mit den früheren Jahren ist es nicht zu vergleichen! Es versteht sich, daß es in den Tagen des Großvaters Arje ein ganz anderes Leben war. Ach, war das ein Leben! Man kann sagen, daß ihm ganz Worobjowka gehörte. Er hatte nicht nur eines, sondern mehrere Geschäfte: eine Schenke und einen Kramladen, eine Mühle und ein Getreidegeschäft, und das brachte so viel ein, daß man das Geld, wie man sagt, mit Tellern und Löffeln zusammenscharren konnte. Das alles war aber in der guten alten Zeit! Heute gibt es weder eine Schenke noch einen Laden, noch ein Getreidegeschäft. Nichts ist davon geblieben, rein gar nichts. Kann man doch fragen: Wenn so, warum sitzt dann der Jude noch in Worobjowka? Wo denn soll er sitzen? Tief in der Erde? Wenn es Nachman nur einfallen wollte, sein Häuschen zu verkaufen, so würde er doch im gleichen Augenblick aufhören, ein Worobjowker zu sein; dann wäre er plötzlich ein Zugezogener, ein Fremder geworden. Und so hat er wenigstens einen eigenen Winkel, ein eigenes Haus, und vor dem Haus einen Garten. Der Garten wird von seinem Weib und seinen Töchtern bestellt, und wenn Gott ein gutes Jahr schenkt, so gibt es den ganzen Sommer über Gemüse, und die Kartoffeln reichen manchmal bis kurz vor Peßach. Doch von Kartoffeln allein kann man nicht leben. Zu Kartoffeln braucht man auch etwas Brot. Und Brot hat er nicht. Also muß er den Stecken nehmen und durch das Dorf gehen und sehen, ob nicht irgendwo ein Geschäft zu machen ist. Und wenn Nachman durch das Dorf geht, kommt er niemals mit leeren Händen nach Hause. Er kauft alles, was ihm gerade in die Hände kommt: altes Eisen, einen Topf Hirse, einen alten Sack oder ein Fell. Das Fell wird aufgespannt, getrocknet und dann zu Awrohom-Eliohu dem Kürschner in die Stadt getragen.

Und bei allen diesen Geschäften kann man etwas verdienen oder auch etwas draufzahlen: dazu ist man ja Kaufmann! »Ein Kaufmann ist wie ein Jäger!« pflegt Nachman zu sagen, der zuweilen gerne ein gojisches Sprichwort gebraucht. Und Awrohom-Eliohu der Kürschner, ein Jude mit blau angelaufener Nase und schwarzen, wie in Tinte getunkten Fingern, lacht über ihn, weil er in seinem Dorf so verbauert sei, daß er sogar nur noch gojische Sprichwörter gebrauche ...

Ja, Nachman ist tatsächlich verbauert, und er fühlt es selbst, daß er von Jahr zu Jahr tiefer sinkt. Was würde zu ihm sein Großvater, Arje Worobjowker seligen Angedenkens, sagen, wenn er aus dem Grabe auferstünde? Der war ja zwar auch ein Riese gewesen, aber dabei ein gelehrter Mann. Der hatte die ›Sprüche der Väter‹ und das Feiertagsgebetbuch und alle Psalmen im Kopfe! So waren eben einst die Juden! Und was kann Nachman? Er kann kaum beten. Und das ist noch viel. Denn seine Kinder werden selbst das nicht mehr können. Wenn er seine Kinder anschaut, wie sie alle in die Höhe und Breite wachsen und ebenso unwissend sind, wie er selbst, tut ihm das Herz weh. Und besonders weh tut es ihm, wenn er seinen jüngsten Sohn, Mutters Liebling, den kleinen Veitel, anschaut. Er nannte ihn so seinem Vater Veitel Worobjowker, seligen

Angedenkens, zu Ehren. Ein geratenes Kind ist dieser Veitel. Selbst sein Körperbau ist etwas zierlicher, schwächlicher und jüdischer. Ein jüdisches Kind! ... Dazu hat er einen wahren Ministerkopf. Man zeigte ihm nur ein einziges Mal, eigentlich nur zum Spaß, in einem Gebetbuche den ›Alef‹ und den ›Beiß‹, und schon hat sich das Kind die beiden Buchstaben gemerkt: es wird niemals den ›Alef‹ – ›Beiß‹ nennen oder den ›Beiß‹ – ›Alef‹. Und ein so goldiges Kind wächst in einem Dorfe auf, zwischen Kälbern und Schweinen, spielt mit Kurotschkas Sohn Fedjka, reitet mit ihm auf dem gleichen Stock, jagt mit ihm derselben Katze nach, gräbt mit ihm dasselbe Loch und tut in seiner Gesellschaft alles, was kleine Jungen sonst noch zu tun pflegen. Und wie Nachman sieht, daß sein Kind mit dem Bauernjungen spielt, tut ihm das Herz weh, und er krankt, wie ein angesägter Baum ...

Fedjka ist aber auch ein geratener Junge; hat ein hübsches, aufgewecktes Gesichtchen und flachsblondes Haar. Ist genauso alt wie Veitel und hält auch treu zu ihm. Und auch Veitel mag ihn gerne. Den ganzen Winter über sitzen die beiden Knaben bei ihren Eltern hinter dem Ofen, wollen immer zum Fenster und sehnen sich nach einander. Doch wenn der lange Winter zu Ende ist, und die Sonne wärmer scheint und die Pfützen trocknet, und die ersten Grashalme sich zeigen, und der Bach am Hügel zu rauschen beginnt, und das Kälbchen seine Nüstern bläht, und der Hahn mit einem geschlossenen Auge nachdenklich dasteht, und alles auflebt und sich freut: ›Peßach ist ja vor der Türe!‹ – dann kann man weder Veitel noch Fedjka auch nur einen Augenblick zu Hause halten! Dann reißen sich die beiden ins Freie hinaus, in die weite Welt, die nun beiden gleich offen steht. Und sie nehmen sich bei den Händen und rennen zum Hügel, der ihnen beiden gleich zulächelt: ›Kinder, hierher!‹ Und sie laufen der Sonne entgegen, die sie beide mit den gleichen Worten begrüßt: ›Kinder, zu mir!‹ Und wenn sie vom Laufen müde werden, setzen sie sich auf Gottes Erde, die nichts von Juden und Christen weiß: ›Kinder, setzt euch her!‹

Sie haben einander genug zu erzählen, denn sie haben sich ja den ganzen langen Winter nicht gesehen: Veitel prahlt vor seinem Freund Fedjka, daß er schon beinahe alle hebräischen Buchstaben kenne, und Fedjka erzählt, daß er eine Peitsche besitze. Nun will ihn Veitel übertrumpfen und sagt, daß bei ihnen schon heute abend das Peßachfest beginne. Mutter hätte bereits Mazzes für alle acht Tage und auch Wein zu den vier vorschriftsmäßigen ›Bechern‹ angeschafft. »Weißt du noch, Fedjka, wie ich dir im vorigen Jahre ein Stück Mazze gab?« – »Mazze!« sagt Fedjka, und sein hübsches Gesicht erstrahlt in seligem Lächeln. Er hat es wohl noch nicht vergessen, wie im vorigen Jahre die jüdische Mazze geschmeckt hatte ...»Fedjka, möchtest du jetzt ein Stück Mazze versuchen? Frische Mazze?« Eine Frage, ob Fedjka es möchte! »Also komm mit!« sagt Veitel und zeigt ihm auf den grünen Hügel, der den beiden Kindern zuwinkt: ›Kinder, kommt her!‹ Und die Jungen kriechen den Hügel hinauf. Oben angelangt, stehen sie zuerst ganz verblüfft da, gucken durch die Finger auf die spielenden Strahlen der lieben Sonne und werfen sich dann auf die noch feuchte Erde nieder. Veitel zieht unter seinem Leibserdak eine große, runde, frische, über und über mit winzigen Löchern verzierte Mazze hervor. Während Veitel die Mazze in zwei gleiche Teile zerbricht, läuft Fedjka schon das Wasser im Munde zusammen. »Nun, was sagst du zu der Mazze, Fedjka?« Fedjka kann aber nichts sagen, denn er hat den Mund voller Mazze, die unter den Zähnen knirscht und auf der Zunge wie Schnee schmilzt. Noch einen Augenblick, und die Mazze ist aufgegessen. »Ist das alles?« fragt Fedjka. Seine grauen Augen schauen prüfend unter Veitels Leibserdak, und er beleckt sich die Lippen, wie eine Katze, wenn sie Butter sieht. »Möchtest du denn noch?« fragt ihn Veitel etwas naiv, indem er das letzte Stück verzehrt und den Freund schelmisch mit seinen schwarzen Augen anblickt. Auch eine

Frage, ob Fedjka noch Mazze möchte! »Also warte ein wenig«, sagt Veitel, »kommendes Jahr wird es wieder Mazze geben ...« Beide lachen über den gelungenen Witz und beginnen plötzlich wie auf Kommando den Hügel hinabzurollen.

Jenseits unter dem Hügel angelangt, stellen sie sich wieder auf die Beine und betrachten den rauschenden Bach, der nach links abbiegt. Sie selbst gehen nach rechts, immer weiter und weiter nach rechts, durch die Wiesen und Felder, die noch nicht überall grün sind und noch nicht nach Gras duften, aber bald grün zu werden und nach Gras zu duften versprechen. Und sie gehen, ohne miteinander zu sprechen, ganz erstaunt und berauscht immer weiter und weiter über die weiche Erde, unter der lächelnden Sonne. Sie gehen nicht, sie schwimmen. Und sie schwimmen nicht – sie fliegen. Sie fliegen zugleich mit den Vögeln, die in den Sonnenstrahlen baden, die Gott auf alles, was da lebt, ergießt. Nun sind sie bei der Windmühle. Die Mühle gehört jetzt dem Dorfschulzen; früher einmal hatte sie Nachman Worobjowker gehört. Der Schulze heißt Opanas und ist ein ganz schlauer Bauer. Er trägt einen Ohrring im linken Ohr und besitzt sogar einen Samowar. Opanas ist heute reich: außer der Windmühle hat er auch noch einen Kramladen. Es ist derselbe Laden, der einst Nachman Worobjowker gehörte:

Opanas hat ihm beides abgenommen, die Mühle und den Laden. Die Windmühle pflegt sonst um diese Jahreszeit in Gang zu sein. Doch heute steht sie, denn es ist ganz windstill. Eine merkwürdige Peßachzeit: ohne den leisesten Wind! Aber den beiden Jungen macht es nichts, daß die Mühle steht: so kann man sie sogar noch besser betrachten. Denn an einer Mühle gibt es genug zu sehen. Und noch schöner als die Mühle selbst ist der schräge Balken, mit dem man die ganze Mühle nach der Seite umdrehen kann, von der der Wind kommt. Auf diesen Balken setzen sie sich hin, und nun kommen sie erst ins Gespräch. Es ist eines jener Kindergespräche, die keinen Anfang und kein Ende haben. Veitel erzählt, was für Wunder er in der Stadt gesehen hat. Vater hatte ihn neulich in die Stadt mitgenommen. Er war auf dem Markte und sah die Kaufläden. Dort gibt es nicht einen Laden, wie hier in Worobjowka, sondern viele Läden. Und am gleichen Abend waren sie auch in der Schul gewesen. Der Vater hatte ›Jahrzeit‹ nach seinem verstorbenen Vater. »Nach meinem Großvater. Verstehst du es, Fedjka, oder verstehst du es nicht?«

Es ist möglich, daß Fedjka es versteht. Aber er hört gar nicht zu. Und er läßt plötzlich eine Geschichte los, die nicht den geringsten Zusammenhang mit Veitels Erzählung hat. Fedjka erzählt, daß er im vorigen Jahre einmal auf einem Baume ein

Vogelnest gesehen hat. Er wollte auf den Baum hinaufklettern, konnte es aber nicht. Dann wollte er das Nest mit einem Stock herunterholen, doch der Stock war zu kurz. Nun fing er an, mit Steinen nach dem Nest zu werfen, und tat es so lange, bis zwei kleine blutende Vögelchen herunterfielen.

»Hast du sie getötet?« fragt Veitel mit vor Schrecken verzerrtem Gesicht.

»Ganz jung waren sie«, sagt Fedjka gleichsam zu seiner Verteidigung.

»Doch du hast sie getötet?«

»Noch ohne Federn, mit gelben Schnäbelchen und dicken Bäuchen ...«

»Du hast sie aber getötet? Getötet? ...«

Es war schon recht spät, als Veitel und Fedjka nach der Sonne sahen und feststellten, daß es Zeit sei, nach Hause zu gehen. Veitel hatte bereits vergessen, daß heute abend Peßach beginnt. Nun fiel ihm plötzlich ein, daß die Mutter ihm noch das Haar kämmen und eine neue Hose anziehen wollte. Als ihm dieses einfiel, begann er zu laufen. Und Fedjka blieb nicht zurück. So rannten sie, ebenso frisch und munter, wie sie den Hügel hinaufgekommen waren, dem Dorfe zu. Und damit der eine nicht vor dem andern zu Hause anlangte, nahmen sie sich, als wahre Freunde, bei den Händen.Und wie sie im Dorfe anlangten, bot sich ihnen folgender Anblick:

Nachman Worobjowkers Haus ist von Bauern und Bäuerinnen, Burschen und Mädchen belagert. Der Schreiber Kurotschka, der Dorfschulze Opanas, der Gemeindeälteste, der Vorsteher, der Dorfpolizist – alle sind zur Stelle. Sie alle reden durcheinander, aufgeregt und sehr laut. Und Nachman und seine Frau stehen vor dem Hause, fuchteln mit den Händen und scheinen sich gegen etwas zu verteidigen. Nachman steht mit gekrümmtem Rücken und wischt sich den Schweiß von der Stirne. Etwas abseits stehen Nachmans ältere Kinder mit finstern Gesichtern ... Und plötzlich verändert sich das ganze Bild. Jemand hat die beiden Knaben bemerkt und weist auf sie hin. Und der Schreiber, der Schulze, der Gemeindeälteste, der Vorsteher und der Dorfpolizist sind auf einmal wie gelähmt. Alle schauen zu Boden. Nachman richtet sich aber auf, blickt die Bauern triumphierend an und beginnt zu lachen. Und seine Frau schlägt die Hände über dem Kopfe zusammen und bricht in Tränen aus. Der Schreiber, der Schulze, der Gemeindeälteste, der Vorsteher und der Dorfpolizist fangen die Kinder ab und fragen sie:

»Wo seid ihr gewesen?«

»Wo wir gewesen sind? Bei der Mühle sind wir gewesen ...«

Jeder der beiden Freunde bekam hinterher seine Strafe, doch keiner von ihnen konnte verstehen, wofür.

Nachman verabreichte seinem Veitel eine ordentliche Tracht Prügel mit seinem Käppchen und sagte dabei: »Der Junge soll es sich merken …« Was soll sich der Junge merken? Und die Mutter entriß ihn, wohl aus Mitleid, dem Vater, gab ihm noch extra zwei Ohrfeigen und begann ihm gleich darauf sein schwarzes Köpfchen zu kämmen. Dann zog sie ihm die neue Hose an und seufzte dabei. Warum seufzte sie? … Und Veitel hörte, wie Mutter zu Vater sagte: »Ach, gebe Gott, daß die Peßachtage gut ablaufen … Von mir aus könnte der Peßach zu Ende sein, noch ehe er begonnen hat!« Veitel kann unmöglich begreifen, warum die Mutter sich so über das Fest äußert … Und Veitel zerbricht sich den Kopf, er kann weder die Prügel des Vaters noch die Ohrfeigen der Mutter verstehen. Denn er weiß gar nicht, was für ein Peßach heute auf der Welt ist …

Und sobald Veitels jüdisches Köpfchen es nicht verstehen kann, kann es Fedjkas gojisches Köpfchen erst recht nicht verstehen. Sein Vater Kurotschka packte ihn bei seinem flachsblonden Schopf, beutelte ihn durch und gab ihm danach einige ordentliche Stöße ins Genick. Fedjka nahm das wie ein

Philosoph auf, denn er war derartige Dinge gewohnt. Und er hörte, wie seine Mutter mit den andern Frauen sprach, und er erfuhr merkwürdige Dinge: sie sprachen von einem Kind, das die Juden vor Peßach zu sich gelockt und dann in einen Keller eingesperrt hätten. Im Keller sei das Kind einen Tag und eine Nacht gesessen. Als sie es nachher in Behandlung nehmen wollten, hätte das Kind zu schreien begonnen, Leute seien herbeigelaufen und hätten das Kind aus den jüdischen Händen gerettet. Und das Kind hätte bereits Zeichen an seinem Leibe gehabt: vier Stiche in Form eines Kreuzes ...

Das erzählte eine besonders geschwätzige Frau mit breitem rotem Gesicht. Und die übrigen Frauen nickten mit den Köpfen und bekreuzigten sich in einem fort. Und Fedjka konnte unmöglich verstehen, warum ihn die Frauen so merkwürdig ansahen? Und was die ganze Geschichte ihn und Veitel anginge? Und warum ihn sein Vater am Schopfe gepackt, durchgebeutelt und ihm nachher die Genickstöße verabreicht hatte? Und am meisten quälte ihn die Frage: warum war die Portion Prügel, die er vom Vater bekommen, so extra groß? ...

»Nun?« fragt Nachman seine Frau, als das Peßachfest zu Ende ist, und sein Gesicht strahlt, als ob ihm Gott weiß was für ein Glück geschehen wäre. »Nun? ... Siehst du es! Und du hattest solche

Angst! ... Ein Frauenzimmer bleibt eben immer ein Frauenzimmer ... Nun sind unsere Feiertage vorüber, und auch ihre Feiertage sind vorüber, und gar nichts ist geschehen! ...«

»Gott sei gelobt!« sagte die Mutter, und Veitel kann wieder nicht verstehen, was die Mutter gefürchtet hat. Und warum es ein solches Glück ist, daß die Feiertage schon vorüber sind? Wäre es nicht besser, wenn der Peßach noch länger dauern würde?

Und als Veitel wieder einmal mit Fedjka zusammenkommt, muß er ihm erzählen, wie bei ihnen das Fest begangen wurde und was es alles zu essen gab. Ja, da gab es Sachen! Und er versucht, Fedjka eine Vorstellung vom Geschmack aller Peßachgerichte und des süßen Weines zu geben. Fedjka hört andächtig zu und wirft einen prüfenden Blick unter Veitels Leibserdak. Er muß noch immer an die Mazze von neulich denken. Plötzlich schrillt durch die ganze Dorfstraße eine Sopranstimme: »Fedjka! Fedjka!«

Fedjka soll nach Hause zum Essen kommen. Doch Fedjka beeilt sich nicht; er weiß, daß man ihn diesmal nicht verprügeln wird: denn erstens sind sie nicht bei der Mühle gewesen und zweitens ist der jüdische Peßach vorbei, also braucht man die Juden nicht mehr zu fürchten ... Er bleibt also ruhig auf dem Bauche liegen, den flachsblonden Kopf in beide Hände gestützt. Und ihm gegenüber liegt Veitel, ebenfalls auf dem Bauche und ebenfalls den Kopf in die Hände gestützt. Und der Himmel ist blau, und die Sonne liebkost und wärmt sie, und ein leiser Wind spielt in ihren Haaren. Auch das Kälbchen steht dabei und der Hahn mit allen seinen Weibern. Und beide Köpfchen, das flachsblonde und das schwarze, ruhen auf den Händen, schauen einander an, und beide plaudern und plaudern ohne Ende ...

Nachman Worobjowker ist nicht zu Hause. Er hat schon in aller Frühe seinen Stecken genommen und seinen Rundgang durch das Dorf angetreten. Vor jedem Hause bleibt er stehen, wünscht jedem Bauern einen guten Morgen, nennt einen jeden bei seinem Namen und spricht über alle möglichen Dinge in der Welt, nur nicht von der Geschichte, die sich am Peßachvorabend ereignet hat ... Und bevor er weitergeht, fragt er den Bauern wie nebenbei: »Hast du nichts zu verkaufen, Bauer?« – »Nein, Nachman, ich habe nichts.« – »Vielleicht etwas altes Eisen oder Hirse oder gar ein Fell?« – »Nimm es mir nicht übel, Nachman, ich habe nichts. Es sind bittere Zeiten.« – »Bittere Zeiten? Hast wohl alles vertrunken? Dazu ist ja auch Feiertag!« – »Wer denkt an den Feiertag? Wer denkt ans Trinken? Es sind wirklich bittere Zeiten! ...«

Der Bauer seufzt, und Nachman seufzt auch. Und dann reden sie noch ein wenig von gleichgültigen Dingen, damit es nicht so aussieht, als ob Nachman nur des Handels wegen gekommen wäre. Und dann geht er zu einem andern Bauer, zu einem dritten und so lange herum, bis er etwas findet. Er kommt doch niemals mit leeren Händen nach Hause!

Nachman Worobjowker schreitet mit seinen Riesenfüßen schwer beladen und verschwitzt nach Hause und denkt immer an dieselbe Frage: Wieviel werde ich an diesem Zeug verdienen oder draufzahlen? Die Geschichte vom Peßachvorabend hat er bereits vergessen. Und er kümmert sich nicht mehr um seinen Nachbar Kurotschka und dessen Ministerialerlasse und Gouverneure.

Mögen die Winde pfeifen, mögen die Stürme brausen, mag die Welt untergehen, – was kümmert das den alten Eichbaum, der noch von den sechs Tagen der Schöpfung dasteht und dessen Wurzeln Gott weiß wie tief in die Erde hineinreichen? Was sind ihm Stürme? Was sind ihm Winde?

Eine Hochzeit ohne Musikanten

»Ich versprach Euch, einmal zu erzählen, wie wir dank unserer Schmalspurbahn, die wir der ›Leergänger‹ nennen, vor einem großen Unglück bewahrt worden sind. Wenn Ihr die Geschichte hören wollt, so legt Euch, bitte, hier auf diese Bank, und ich lege mich Euch gegenüber auf die andere Bank!«

So sprach zu mir der Heißiner Kaufmann, mit dem ich wieder einmal in einem Wagen des ›Leergängers‹ zusammenkam. Und da wir auch dieses Mal wie immer die einzigen Fahrgäste waren und der Wagen entsetzlich überheizt war, legten wir die Röcke ab, knöpften die Westen auf und machten uns bequem wie in unseres Vaters Weingarten. Er legte sich auf die eine Bank und ich auf die andere. Und er begann mir ziemlich weitläufig zu erzählen, und ich hörte ihm aufmerksam zu, um die Erzählung später mit seinen eigenen Worten wiedergeben zu können.

»Es war in den Tagen – nicht gedacht soll ihrer werden! – in den Tagen der Freiheitsmanifeste, in den Tagen, an denen wir Juden so viel Freuden erlebt haben ... Wir in Heißin hatten allerdings keine Angst vor einem Pogrom ... Und wißt Ihr, warum wir keine Angst hatten? Einfach aus dem

Grunde, weil es bei uns niemanden gibt, der einen Pogrom machen kann. Wenn man ordentlich nachsuchen wollte, hätte man wohl schon ein paar Leute finden können, die Lust hätten, uns ein wenig zu verprügeln ... Das folgt schon daraus, daß, als von den andern Städten die schönen Nachrichten kamen, sich auch bei uns in Heißin einige Leute fanden, die sofort eine geheime Botschaft an die maßgebende Stelle abschickten: da es nur recht und billig sei, daß man auch in Heißin etwas veranstalte, und da es doch in der Stadt selbst nicht genügend Leute gäbe, die mittun können, möchte man ihnen um Gottes willen zur Hilfe kommen und die nötige Anzahl Kerle schicken ... Und wie Ihr Euch denken könnt, kam schon nach vierundzwanzig Stunden die Nachricht, selbstverständlich eine ganz vertrauliche Nachricht, daß die nötigen Leute unterwegs seien. Woher kommen die Leute? Aus Schmerinka, aus Kasatin, aus Rasdjelnaja, Popelnaja und ähnlichen Orten, die sich durch ihre Pogromarbeit ausgezeichnet haben. Eine Frage: wieso erfuhr man bei uns dieses heilige Geheimnis? Nun, wir haben eben eine Quelle, und diese Quelle heißt Nojach Tonkonog. Und wer ist dieser Mann? Ihr kommt ja in unsere Gegend, also muß ich ihn Euch genauer schildern, damit Ihr ihn kennenlernt.

Nojach Tonkonog ist ein Mann, der mehr in die Höhe als in die Breite gewachsen ist. Gott gab ihm

ein Paar lange Beine, also macht er von ihnen gehörig Gebrauch. Er ist immer unterwegs, und man kann ihn fast nie zu Hause antreffen. Er rennt ständig in tausend Angelegenheiten herum, die zum größten Teil fremde und nicht seine eigenen Angelegenheiten sind. Im übrigen besitzt er eine kleine Druckerei, die einzige Druckerei in Heißin. Und darum hat er Verbindungen bei allen Behörden, verkehrt mit sämtlichen Gutsbesitzern und Beamten und kennt alle Geheimnisse.

Aus dieser Quelle erfuhr man bei uns die gute Botschaft. Das heißt, die ›Quelle‹ selbst hat die Nachricht in der ganzen Stadt austrompetet. Natürlich erzählte er sie jedem einzelnen ganz vertraulich und setzte hinzu: ›Das erzähle ich Euch ganz allein, jemand anderm würde ich es gar nicht erzählen ...‹ Und so erfuhr es bald die ganze Stadt, daß die Pogromkerle aus den verschiedenen Städten zu uns unterwegs seien und daß bereits ein Plan ausgearbeitet sei, wie man die Juden schlagen solle. Man weiß sogar ganz genau, an welchem Tag, zu welcher Stunde und an welchem Ende der Stadt der Pogrom beginnen solle und welchen Weg die Kerle nehmen würden. Das war alles genau vorausbestimmt, wie in einem Kalender. Ihr könnt Euch vorstellen, was es für eine Aufregung in der Stadt gab! Und unter welchen Leuten, meint Ihr? Hauptsächlich unter den Ärmsten! Es ist doch wirklich sonderbar mit diesen Bettlern! Wenn ein Reicher vor solchen Dingen zittert, kann man es noch verstehen: er fürchtet, von heute auf morgen ein Bettler zu werden. Aber was zittern die geborenen Bettler? Was haben die zu verlieren? Ihr hättet aber sehen sollen, wie sie ihr bißchen Hab und Gut zusammenscharrten und sich mit ihren Kindern versteckten. Wo verstecken sich Juden in solchen Fällen? Der eine – bei einem anständigen Goj im Keller, der andre beim Notar auf dem Dachboden, der dritte – beim Fabrikdirektor in der Fabrik. Ein jeder findet sich schon ein Plätzchen. Doch ich allein, wie Ihr mich seht, wollte mich nicht verstecken. Nicht um vor Euch zu prahlen, sondern bloß, damit Ihr mein Benehmen versteht, will ich Euch beweisen, daß ich nicht so unrecht habe: Erstens frage ich mich, warum muß ich vor einem Pogrom Angst haben? Und zweitens – das will ich Euch lieber nicht sagen; denn es ist möglich, daß auch Ihr Lust hättet, Euch in der heißen Stunde zu verstecken ... Nur ist die Frage: Wo soll man sich verstecken? Wer garantiert mir dafür, daß auf den anständigen Goj oder auf den Notar oder auf den Fabrikbesitzer im rechten Augenblick noch ein Verlaß ist? Ihr versteht mich doch? Und außerdem, wie läßt man so eine ganze Stadt im Stich? Weglaufen ist kein Kunststück. Man muß etwas tun. Doch, andererseits, was können Juden tun? Es gibt nur eine Zuflucht – die

Obrigkeit! Wahrscheinlich gibt es auch in Eurer Stadt einen Menschen, der sich mit der Obrigkeit gut steht. Bei uns in Heißin gibt es einen solchen Mann. Nachman Kossoj heißt er. Er ist Bauunternehmer, hat einen runden Vollbart, trägt eine samtene Weste und wohnt in einem eigenen Haus. Und da er Bauunternehmer ist und am Straßenbau beteiligt ist, steht er sich gut mit dem Polizeimeister und pflegt sogar mit ihm Tee zu trinken. Damals hatten wir zufällig einen sehr anständigen Polizeimeister. Einen Edelstein von einem Polizeimeister. Was heißt einen Edelstein? Er pflegte gerne kleine Geldgeschenke anzunehmen, doch nur von Nachman Kossoj. Das heißt, er nahm eigentlich von jedem; warum sollte er auch nicht nehmen? Aber vom Bauunternehmer nahm er eben mit größerer Lust. Ihr versteht?

Kurz und gut, man besprach die Sache mit Nachman Kossoj, veranstaltete eine Kollekte und brachte, wie Ihr Euch denken könnt, eine recht hübsche Summe zusammen. Denn wie kann man unter solchen Umständen mit einem Beamten sprechen, ohne ihm ein entsprechendes Geschenk in die Hand zu drücken, damit er sich der Sache mit richtigem Eifer annimmt? Der Polizeimeister beruhigte uns natürlich und sagte, wir könnten ruhig schlafen, denn es würde nichts geschehen. Wir konnten uns also beruhigen, nicht wahr? Nun haben wir aber in Heißin die bewußte Quelle, und diese Quelle, das heißt Nojach Tonkonog, läßt plötzlich das Gerücht los, natürlich ganz vertraulich, daß von der Pogrombande bereits eine Depesche eingetroffen sei; und er schwört, daß er diese Depesche mit eigenen Augen gesehen hätte. Und was steht in der Depesche? Nur zwei Worte: ›Wir kommen.‹ Es sind sehr unangenehme Worte! Natürlich läuft man sofort wieder zum Polizeimeister: ›Euer Gnaden, die Sache steht schlecht!‹ Fragt er: ›Was ist schlecht?‹ Sagt man ihm : ›Eine Depesche ist gekommen.‹ Fragt er: ›Woher?‹ Sagt man ihm: ›Aus jener Gegend.‹ Fragt er: ›Was steht in der Depesche?‹ Sagt man ihm: ›Wir kommen!‹ Fängt er zu lachen an und sagt: ›Ihr seid Narren‹, sagt er, ›denn ich habe doch gestern aus Toltschin eine Eskadron Kosaken kommen lassen. ›Wie wir das Wort ›Kosaken‹ hören, wächst uns, wie man sagt, eine neue Haut. Denn, wenn ein Jude von ›Kosaken‹ hört, fühlt er sich plötzlich sicher und hat vor niemand mehr Angst. Es ist doch wirklich keine Kleinigkeit, wenn man solche Beschützer hat! Nun ist aber noch fraglich, wer früher ankommen wird: die Kosaken oder die Pogrombande. Die Kosaken kommen geritten, und die Kerle reisen mit der Eisenbahn. Die ganze Hoffnung ist also, daß unser ›Leergänger‹ wieder einmal eine Verspätung von einigen Stunden haben wird. Denn das kam bei ihm gar nicht so selten vor, eigentlich – jeden Tag. Nun stellt Euch vor, daß dieses Wunder gerade an diesem Tage nicht geschah. Wie zum Trotz fuhr der Zug von Station zu Station pünktlich nach dem Fahrplan. Ihr könnt Euch vorstellen, wieviel Gesundheit es uns kostete und welche Angst uns alle befiel, als wir, natürlich aus der bewußten Quelle, erfuhren, daß eine neue Depesche eingetroffen sei, und zwar schon von der letzten Station ›Krischtofowka‹, und daß die Depesche wieder lautete: ›Wir kommen!‹ mit dem Zusatz: ›Hurra!‹ Auch diese Nachricht teilte man sogleich dem Polizeimeister mit und flehte ihn an, er möchte sich nicht nur auf die Kosaken verlassen, die vielleicht einmal aus Toltschin eintreffen würden, sondern auch Polizei zum Bahnhof schicken, um wenigstens das Ansehen zu wahren und den Kerlen zu zeigen, daß es noch ein Recht und ein Gesetz gibt. Und der Herr Polizeimeister ließ sich diesmal nicht lange bitten und erfüllte unsere Bitte. Er tat sogar noch mehr: er legte seine Galauniform mit allen Orden an und begab sich in eigener Person und Herrlichkeit, an der Spitze der ganzen ihm unterstellten Polizei, zum Bahnhof, um den Zug zu empfangen.

Doch die einigen Bösewichter und Feinde, die wir in der Stadt hatten, ruhten auch ihrerseits nicht: auch sie legten ihre festlichen Gewänder mit allen Orden an, nahmen einige Popen mit und begaben sich gleichfalls zum Bahnhof. Der Polizeimeister fragte sie sogar: ›Was wollt ihr hier?‹ Und sie antworteten mit der gleichen Frage: ›Und was willst du hier?‹ Ein Wort gab das andere, und der Polizeimeister sagte ihnen, daß ihre ganze Mühe umsonst sei. Solange er hier Polizeimeister sei, sagte er, wird es in Heißin keinen Pogrom geben. Das sagte er ihnen mit großem Nachdruck. Sie hörten ihn lächelnd an und antworteten ganz frech: ›Das werden wir bald sehen!‹ Und kaum hatten sie diese Worte gesprochen, als aus der Ferne ein Lokomotivpfiff erklang. Ihr könnt Euch denken, daß uns vor diesem Pfiff das Blut gerann. Wir waren gefaßt, nach diesem Pfiff noch einen zweiten Pfiff und ein ›Hurra‹ zu hören und alles, was diesem ›Hurra‹ zu folgen pflegt. Das wußte man schon aus anderen Städten ... Doch was stellte sich heraus? Es war wirklich der Pfiff der Lokomotive, doch das ganze Pfeifen war umsonst. Wieso? Das ist eben die schöne Geschichte, die sich nur mit unserem ›Leergänger‹ treffen kann. Hört nur weiter.

Wie die Lokomotive am Bahnhof von Heißin hält, springt der Maschinist von der Lokomotive herunter und begibt sich, seiner Gewohnheit gemäß, direkt ins Büfett. Fragt man ihn: ›Bursche, wo ist der Zug?‹ – Sagt er: ›Was für ein Zug?‹ – ›Siehst du denn nicht, daß du mit der Lokomotive allein, ohne einen einzigen Wagen, angekommen bist?‹

Der Maschinist betrachtet die Lokomotive und sagt: ›Was geht mich das an? Der Zug geht die Kondukteure an.‹ – ›Und wo sind die Kondukteure?‹ Sagt er darauf: ›Was gehen mich die Kondukteure an? Der Zugführer‹, sagt er, ›teilt mir mit einem Pfiff mit, daß er fertig ist. Und ich antworte ihm«, sagt er, ›ebenfalls mit einem Pfiff, daß auch ich fertig bin, und lasse die Maschine los. Ich habe‹, sagt er, ›nur ein Paar Augen und kann nicht wissen, was hinten geschieht.‹ So antwortet ihnen der Maschinist und hat eigentlich recht. Man spricht hin, und man spricht her, doch eines steht fest: der Zug ist da, doch ohne Passagiere, also eine Hochzeit ohne Musikanten!

Wie es sich später herausstellte, fuhr zu uns eine ganz nette Gesellschaft, lauter erprobte und ausgewählte Kerle mit den nötigen Werkzeugen, Stökken, Gummiknüppeln und Brecheisen. Sie waren lustig und guter Dinge und tranken während der Fahrt ununterbrochen Schnaps. Und auf der letzten Station, in Krischtofowka, tranken sie aus Freude, daß sie schon bald am Ziel seien, besonders tüchtig und traktierten auch das ganze Personal: den Zugführer, die Kondukteure, den Heizer und Gendarmen. Und so kam es, daß man eine Kleinigkeit vergaß: die Wagen an die Lokomotive anzuhängen. Die Lokomotive fuhr zur festgesetzten Zeit nach Heißin ab, und der ganze Zug blieb in Krischtofowka zurück. Das Schönste aber war, daß weder jemand von der schönen Gesellschaft noch das Zugpersonal, noch die übrigen Passagiere etwas davon merkten, daß der Zug ruhig auf einer Stelle stand. Sie tranken weiter, leerten eine Flasche nach der andern, bis der Stationschef endlich feststellte, daß die Lokomotive weggefahren war und die Wagen noch dastanden. Als man das Versehen merkte, ging die Hölle los! Die Bande schimpfte auf das Zugpersonal und das Zugpersonal auf die Bande. Und man schimpfte so lange, bis es beschlossen wurde, die Beine auf die Schultern und die Augen in die Hände zu nehmen und die Reise nach Heißin zu Fuß fortzusetzen. Und so war es. Sie faßten sich ein Herz und machten sich auf den Weg. Sie kamen schließlich auch wirklich in Heißin an, mit Gesang und Hurra, wie Gott es befohlen hat. Es war aber ein wenig zu spät: in den Straßen ritten schon Kosaken umher, mit Reitpeitschen in der Hand, und Ihr könnt Euch denken, daß schon nach einer halben Stunde die ganze Bande spurlos verschwunden war. Sie rannten davon wie die Mäuse zur Hungerszeit, sie zerschmolzen wie Schnee im Sommer.

Nun frage ich Euch: verdient es denn unser ›Leergänger‹ nicht, daß man ihn von oben bis unten vergoldet oder wenigstens in einer Erzählung beschreibt?«

Erklärungen jiddischer Wörter

Achtzehngebet: s. *Schmoin-Eßre*
Alef: der erste Buchstabe des hebräischen Alphabets
Barmizwa: Konfirmation
Beiß: der zweite Buchstabe des hebräischen Alphabets
Beiß-Hammedrisch: Lehr- und Bethaus
Briß: Beschneidungsfeier
Chewre-Kadische: Beerdigungsbrüderschaft
Chasen: Vorbeter, Kantor
Choßid: Anhänger des Chassidismus, der mystischen Richtung im Judentum
Elul: der den hohen jüdischen Feiertagen vorangehende Monat (etwa August-September), ist dem Gedenken verstorbener Verwandter gewidmet
Gabbe, Mz. *Gabbojim:* Vorsteher
Gilden: alter polnischer Gulden = 15 Kopeken
Goj, Mz. *Gojim:* Nichtjude, Christ
Goles: Verbannung, Diaspora
Gragger: Schnarre, mit der man zu Purim bei der Erwähnung des Namens Haman im Buche Esther Katzenmusik macht
Haggode: Erzählung vom Auszuge Israels aus Ägypten, die an den beiden Passachabenden bei Tisch verlesen wird
heilige Sprache: Hebräisch
Jahrzeit: der jährliche Gedenktag an den Tod der Eltern oder nächsten Verwandten
Jontew: Festtag.
Gut Jontew: Festtagsgruß
Jom-Kippur: Versöhnungstag; an ihm darf während 24 Stunden nichts gegessen werden
Kaddisch: Gebet für die Seele des Verstorbenen, von den Söhnen während eines Jahres nach dem Tode dreimal täglich gesprochen; auch der dieses Gebet sprechende Sohn

Kaftan: langer, meist seidener Rock der Männertracht
Kittel: Totenhemd, das am Versöhnungstage getragen wird
Kol-Nidre: Gebet, mit dem der Versöhnungstag eingeleitet wird
Köst essen: die vollständige Erhaltung eines Ehepaares durch die Eltern der Frau
Kreppchen: eine Mehlspeise
Kronrabbiner: der von der Regierung eingesetzte Matrikelführer in jüdischen Gemeinden
Kugel: eine Sabbatspeise
Leibserdak: leinenes Leibchen mit Schaufäden, ein rituelles Kleidungsstück
Litwak: litauischer Jude
Maggid: Prediger
Masel-tow: Gut Glück!, Glückwunschformel bei allen Gelegenheiten
Mazze: ungesäuertes Passachbrot
Megilla Esther: das Buch Esther, das zu Purim vorgelesen wird
Melammed: Kleinkinderlehrer
Minche: Nachmittagsgebet
nebbich: unübersetzbarer Ausdruck des Bedauerns
Niggen: Melodie
Nile: Schlußgebet am Versöhnungstage
Peßach: Passach, Osterfest
Pogrom: mit Gewalttätigkeiten verbundene, meist blutige Ausschreitungen gegen die Juden
Pristaw: Kommissar
Rabbi: s. *Row*
Rabboißai: Meine Herren!
Row, Rabbi: Rabbiner
Sabbath: s. *Schabbes*
Sadagora: Ort in der Bukowina, einst Sitz eines berühmten Wunderrabbis; seine Anhänger sind die *Sadagorer*
Schabbes: Sabbat, Samstag. *Gut Schabbes:* Sabbatgruß
Schammes: Bethausdiener
Schechina: der Herrlichkeit Gottes
Schmine-Azeres: Schlußtag des Laubhüttenfestes
Schmoin-Eßre, Achtzehngebet: Gebet der achtzehn Segenssprüche, das stehend und unbeweglich, das Ge-

sicht nach Osten gewandt, gesprochen wird.

Schnorrer: jüdischer Bettler

Schoifer: kultisches Widderhorn, das zu den hohen Feiertagen verwendet wird

Slawuter: in Slawuta fand einst ein großer Judenpogrom statt

Sliches: Bußpsalmen, die in den Tagen vor dem jüdischen Neujahrsfeste beim Morgengrauen gebetet werden

Streimel: Pelzmütze, die an Sabbaten und Festtagen getragen wird

Talles: Gebetmantel

Talmud: das jüdische Gesetzbuch

Talmud-Thora: Mittelschule für Knaben

Tfillin: Gebetriemen

Thora: der Pentateuch, die fünf Bücher Mosis; auch die Pergamentrolle, auf die diese geschrieben sind

Urjadnik: Träger der obersten Polizeigewalt in einer russischen Kleinstadt

Zaddik: Rabbi der Chassidim, Wunderrabbi

Zu dieser Ausgabe

insel taschenbuch 2316
Scholem-Alejchem
Hochzeit ohne Musikanten

Der Text folgt der Ausgabe: Scholem Alejchem, Hochzeit ohne Musikanten. Erzählungen. Aus dem Jiddischen von Alexander Eliasberg und Fega Frisch. Mit sechzehn Zeichnungen von Ben Shahn. Insel Verlag Frankfurt am Main 1961 (Insel-Bücherei 624). Die Erzählungen ›Unterwegs nach Heißin‹ und ›Die Erwählten‹ übersetzte Fega Frisch, alle anderen Alexander Eliasberg. Die beiden von Fega Frisch übersetzten Erzählungen wurden zuerst veröffentlicht im Band 48 der Bücherei des Schocken Verlags, Berlin 1936; sie erscheinen mit freundlicher Genehmigung der Schocken Books Inc., New York. Die Illustrationen von Ben Shahn folgen der Ausgabe der Erzählungen von Scholem-Alejchem in der Insel-Bücherei.